赵丽宏

赵丽宏 著

闪烁在
旷野里的微光

浙江文艺出版社
Zhejiang Literature & Art Publishing House

图书在版编目（CIP）数据

赵丽宏：闪烁在旷野里的微光 / 赵丽宏著 . —杭州：浙江文艺出版社，2024.5
ISBN 978-7-5339-7519-7

Ⅰ.①赵…　Ⅱ.①赵…　Ⅲ.①散文集—中国—当代　Ⅳ.①I267

中国国家版本馆 CIP 数据核字（2024）第 053115 号

统　　筹	王晓乐	封面设计	广　岛
责任编辑	詹雯婷	封面插画	Stano
责任校对	唐　娇	营销编辑	张恩惠
责任印制	吴春娟	数字编辑	姜梦冉　诸婧琦

赵丽宏：闪烁在旷野里的微光

赵丽宏　著

出版发行	浙江文艺出版社
地　　址	杭州市环城北路 177 号
邮　　编	310006
电　　话	0571-85176953（总编办）
	0571-85152727（市场部）
制　　版	杭州天一图文制作有限公司
印　　刷	杭州丰源印刷有限公司
开　　本	880 毫米×1230 毫米　1/32
字　　数	128 千字
印　　张	7.25
插　　页	2
版　　次	2024 年 5 月第 1 版
印　　次	2024 年 5 月第 1 次印刷
书　　号	ISBN 978-7-5339-7519-7
定　　价	39.80 元

出版说明

自五四新文化运动以来，中国文学面目一新。在中西方文化的碰撞与融合中，小说、诗歌、戏剧等文学形式完成蜕变与新生，而散文以其自由自在的天性，踵事增华，其成果蔚为大观。

郁达夫认为，较之古代的"文"，现代中国散文有三点特异之处，即"'个人'的发现""内容范围的扩大""人性，社会性，与大自然的调和"（《中国新文学大系·散文二集·导言》）。散文家们兼收并蓄，将万事万物融于一心，"以我手写我口"，取径不同，或叙事、抒情、议论，或写人、描景、状物；风格各异，或蕴藉、洗练、飞扬，或磅礴、绮丽、缜密。就应用而言，以学识、阅历、心境为核心的小品文，以小见大，言近旨远，张扬个人性情；以观察、讽刺、同情为底色的杂文，见微知著，刚柔相济，召唤战斗精神……种种流派，非止一端。

为了给当代读者提供一套选目得当、编校精良的散文选本，我们推出"名家散文"系列，从灿若星辰的中国现代散文家中遴选出一批作者，精选其散文创作中的经典作品，结集成册，以飨读者，或可视作对百年现代中国散文的一次阶段性回顾与总结。我们相信，尽管这些作品产生的背景千差万别，但其呈现的智识与感性、追求与希冀，是跨越时空而能与读者共鸣的。我们也相信，经典之所以为经典，因其经得起时间的汰洗，这里的文章，初读，是迎面撞上万千世界，吉光片羽，亦足珍惜；再读，则是与无数智者的重逢，向内发现自己，向外发现众生。

文学的历史同时也是一部语言文字的历史，而汉语的标准化也随着时间的推移不断地演变、更新。五四白话文运动以来，文学语言流动而多变，呈现出丰富和复杂的样貌。文字、词汇、语法的繁芜丛杂背后，是思想文化的多元与活跃，也是作家不同审美取向和个人风格的展现。因此，我们在编辑过程中尽量尊重文章原刊或初版时的面貌，使读者能够感受到语言的时代特色，比如"的""地""底"共存的现象。同时，考虑到读者尤其是学生的阅读需求，我们按当下的规范做了有限度的修订。

编辑出版工作中难免存在不足之处，热忱欢迎广大读者批评指正。

浙江文艺出版社

目　录

热爱生命

大雁，渺小而又不凡的候鸟家族啊，请接受我的敬意！

雨夜飞来客

雨点越来越急，越来越密，靠阳台的窗户玻璃被雨点打得噼啪作响，水珠子在玻璃上爬动着，描绘出许多古怪离奇的图案。一道闪电突然划破黑暗的天空，在一晃而过的惨白的光芒中，窗户上那些水纹更闪烁出神秘的色彩。大约过了三五秒钟，一声惊雷在空中炸响了，炸雷似乎就在屋顶上滚动，震得人心惊肉跳。

小凡，你出世才六个月，还是头一次听见雷响呢。由于这巨大的声音来得突然，你吓了一跳，小嘴一瘪一瘪，想哭了。然而你终于没有哭出来，窗外似乎有什么东西引起了你的兴趣。那双又黑又亮的眼睛睁得大大的，一眨也不眨。过一会儿，你竟手舞足蹈咧开嘴笑起来，眼睛还是牢牢地盯着窗外。

窗外有什么呢？我仔细观察了一下水淋淋的窗玻璃，隐约发现外面有一样东西在动，并且不时轻轻地碰着玻璃。我不由得心里一紧，这大雨之夜，黑咕隆咚的，我们这五层楼阳台上，会有什么不速之客呢？你却一点不紧张，依然盯着玻璃窗手舞足蹈。我小心翼翼打开窗户，不禁一愣：窗台上，站着一只鸽子。

不等我动手，鸽子便走到窗子里面来了。我赶紧又关上窗。这是一只蓝灰色中夹着白点的鸽子，大概就是常听养鸽人说的那种"雨点"。这"雨点"浑身被雨水淋得透湿，羽毛乱糟糟地贴在身上，站在那里瑟瑟地发抖。我的台灯开着，温暖柔和的灯光也许使它感觉到了亲切，它慢慢向台灯移动了几步，蓬松开羽毛使劲抖了一阵，溅出来的水珠子把摊在桌上的稿子也打湿了。

你发现的这位不速之客使我们一家都激动起来。

"哦，它大概是迷路了，我们留它住下来吧。"你妈妈伸手把鸽子捧起来，它也不挣扎，嘴里发出温顺的咕咕声。

你被爸爸抱在手里，眼睛却始终盯着鸽子，兴奋的目光里充满了好奇。当看到妈妈把鸽子捧在手里后，你又笑着手舞足蹈了。

为解决鸽子的住宿问题，我们颇费了一番脑筋。家里没有鸟笼，也没有空的小箱子小柜子，让你的这位飞来的小客人住在哪儿呢？你妈妈先是找出一个纸盒子，看看觉得太小，小客人恐怕无法活动；我建议用一个脸盆倒扣在地上当临时的鸽笼，结果也不行，我们怕小客人憋得受不了……最后总算有了一个大家都能接受的主意：把鸽子放到卫生间里，两平方米的天地，它要飞要跳都可以。

解决了住宿问题，还有吃饭问题呢。我们不知道"雨点"爱吃什么，玉米小米之类的食物家里没有，只能喂它一点米饭了。"雨点"一动不动地缩在屋角里，对它的新居既无新鲜感也没有惊惶不定，它倒是随遇而安。可是对于放在脚边的米饭，它却瞧也不瞧一眼。难道想绝食吗？

这时，你一个人躺在床上，嘴里咿咿呀呀地喊着，小手小脚把床板踢打得咚咚作响。你似乎在抗议了，抗议我们在接待你的小客人时把你排斥在外。你妈妈连忙抱起你，笑着哄道："哦，小鸽子是小凡凡发现的，小鸽子是小凡凡的客人。小凡凡去请小客人吃饭饭！"说着，我们便把你抱进了卫生间。

事情真有点不可思议，你一看见待在屋角里的鸽子，马上眉开眼笑，而且咯咯咯笑出了声音，一双小手在空中不停地挥舞。鸽子呢，也开始东张西望，活泼起来，嘴里又发出了咕咕的叫声，不多一会儿，竟旁若无人地啄食起地上的饭粒来……

一夜风雨不停，隐隐约约的雷声在遥远的天边不祥地滚动。家里却平静极了，你睡得特别香，很难得地一夜酣睡到天亮。卫生间里的小客人也是一夜无声。

第二天早晨，天晴了，蔚蓝的天空纯净得犹如洗过一般。你眼睛一睁开就笑，而且吵着要我们抱你去卫生间。当看到恢复了精神的"雨点"在浴缸上蹦跳时，你又咯咯咯笑出了声音。和昨夜刚来时相比，"雨点"漂亮多了，羽毛变得又整齐又干净，还一闪一闪发出彩色的光芒。可它似乎有些心神不定，焦躁地在地上踱来踱去。

"它想家了。"妈妈贴着你的耳朵轻声告诉你。你仿佛听懂了，眼睛一眨一眨，严肃地盯着地上的"雨点"。

这时，来了一位邻居。听说我们家里飞来一只鸽子，他便建议道："那好哇，清炖鸽肉，比童子鸡还鲜哩！"我一愣，不知如何回答是好。你妈妈笑着答道："这是小凡凡的客人，怎么能这样呢！"于是邻居也一愣，笑着走了。

我们一家三口，把"雨点"送到阳台上。"雨点"咕咕地叫着在阳台栏杆上来回踱了两趟，终于拍拍翅膀飞走了。只见它绕着我们的楼房飞了几圈，很快便消失在森林一般的楼群中。你停止了手舞足蹈，仰起脑袋久久看着天空，眼睛里飘过一丝怅惘。

哦，儿子，你是担心"雨点"找不到自己的家，还是为你的小客人这样不辞而别感到伤心？

这时，天空中突然出现一群鸽子，它们从远处飞来，掠过我们的阳台，又飞向远方。

看着这一掠而过的鸽群，你先是惊奇，然后兴奋得又笑又叫。鸽群消失后，你久久凝视着遥远的天空，明亮的眼睛里一片平静。

1985 年 10 月

绣眼和芙蓉

曾经养过两只鸟，一只绣眼，一只芙蓉。

绣眼体形很小，通体翠绿的羽毛，嫩黄的胸脯，红色的小嘴，黑色的眼睛被一圈白色包围着，像戴着一副秀气的眼镜，绣眼之名便由此而得。它的动作极其灵敏，虽在小小的笼子里，但上下飞跃时快如闪电。它的鸣叫声音并不大，但却奇特，就像从树林中远远传来群鸟的齐鸣，回旋起伏，变化万端，妙不可言。绣眼是中国江南的鸣鸟，据说无法人工哺育，一般都是从野地捕来笼养。它们无奈地进入人类的鸟笼，是真正的囚徒。它们动听的鸣叫，也许是对自由的呼唤吧。

那只芙蓉是橘黄色的，毛色很鲜艳，头顶隆起一簇红色的绒毛，黑眼睛，黄嘴，黄爪，模样很清秀。据说它的故乡是德国，养在中国人的竹笼中，它已经习惯了。芙蓉的鸣叫婉转多变，如银铃在风中颤动，也如美声女高音，清越百啭。晴朗的早晨，它的鸣唱就像一丝丝一缕缕阳光在空气中飘动。芙蓉比绣眼温顺得多，有时笼子放在家里，忘记了关笼门，它会跳出来，在屋里溜达一圈，最后竟又回到了笼子里。自由，对于它来说似乎已经没有多少吸引力了。

两只鸟笼，并排挂在阳台上。绣眼和芙蓉相互能看见，却无法站在一起。它们用不同的鸣叫打着招呼，两种声音，韵律不同，调门也不一样，很难融合成一体，只能各唱各的曲调。它们似乎达成了默契，一只鸣唱时，另一只便静静地站在那里倾听。据说世上的鸣鸟都有极强的模仿能力，这两只鸟天天听着和自己的歌声不一样的鸣唱，结果会怎么样呢？开始几个月，没有什么异样，绣眼和芙蓉每天都唱着自己的歌，有时它们也合唱，只是无法协调成二重奏。半年之后，绣眼开始褪毛，它的鸣唱也戛然而止。那些日子，阳台上只剩下芙蓉的独唱时而飘旋起伏。有一天，我突然发现，芙蓉的叫声似乎有了变化，它一改从前那种清亮高亢的音调，声音变得轻幽飘忽起来，那旋律，分明有点像绣眼的鸣啼。莫非，是芙蓉模仿绣眼的歌声来引导它重新开口？然而褪毛的绣眼不为所动，依然保持着沉默。

于是芙蓉锲而不舍地独自鸣唱着，而且叫得越来越像绣眼的声音。绣眼不仅停止了鸣叫，也停止了那闪电般的上下飞跃，只是瞪大了眼睛默默聆听芙蓉的歌唱，仿佛在回忆、在思考。它是在回想自己的歌声，还是在回忆那遥远的自由日子？

想不到，先获得自由的竟是芙蓉。一天，妻子在为芙蓉加食后忘记了关笼门，发现时已在一个多小时以后，那笼子已经空了。妻子下楼找遍了楼下的花坛，仍不见芙蓉的踪影。在鸟笼里长大的它，连飞翔的能力都没有，它大概是无法在野外生存的。

没有了芙蓉，绣眼显得更孤单了，它依然在笼中一声不吭。面对着挂在对面的那只空笼子，它常常一动不动地伫立在横杆上，似乎是在思念消失了踪影的老朋友。

一天下午，我从外面回来，妻子兴冲冲地对我说："快，你快到阳台上去看看！"还没有走近阳台，已经听见外面传来很热闹的鸟叫声。那是绣眼的鸣唱，但比它原先的叫声要响亮得多，也丰富得多。我感到惊奇，绣眼重新开口，竟会有如此大的变化。走近阳台一看，我几乎不相信自己的眼睛：鸟笼内外，有两只绣眼。鸟笼里的绣眼在飞舞鸣叫，鸟笼外，也有一只绣眼，围着鸟笼飞舞，不时停落在鸟笼上。那只自由的野绣眼，翠绿色的羽毛要鲜亮得多，相比之下，笼里的绣眼显得黯淡，不过此刻它一改前些日子的颓丧，变得异常活泼。两只绣眼，面对面上下飞蹿，鸣叫声激动而急切，仿佛在哀哀地互相倾诉，在快乐地互相询问。妻子告诉我，那只野绣眼上午就飞来了，在鸟笼外已盘桓了大半日，一直不肯飞走。而笼里的绣眼，在那只野绣眼飞来不久就开始重新鸣叫。笼里笼外的两只绣眼，边唱边舞，亲密无间地分食着食缸里的小米，兴奋了大半天。

那两只绣眼此刻的情状，使我生动地体会到"欢呼雀跃"是怎样一种景象。妻子建议把笼门打开，她说那只野绣眼说不定会自动进笼，这样我们可以把它养在芙蓉待过的空笼子里。有一对绣眼，可以热闹一些了。可我不忍心打断两只绣眼如此美妙的交流，我不知道，在我伸出手去开鸟笼门时，会出现怎样的局面。是野绣眼进笼，还是笼里的绣眼飞走？我想了一下，无论出现哪种结局，都值得一试。于是我小心翼翼地伸出手去，但还没有碰到鸟笼，就惊飞了笼外那只野绣眼。我打开笼门，再退回到屋里。笼里那只绣眼对着打开的笼门凝视了片刻，一蹦两跳，就飞出了鸟笼。它在阳台的铁栏杆上站了几秒钟，然后拍拍翅膀，飞向楼下的花坛，转眼就消失得无影无踪。

从远处的绿荫中，隐隐约约传来欢快的鸟鸣。

2002年9月3日于四步斋

致大雁

一

在澄澈如洗的晴空里，你们骄傲地飞翔……

在乌云密布的天幕上，你们无畏地向前……

在风雨交加的征途中，你们欢乐地歌唱……

秋天——向南；春天——向北……

仰起头，凝视你神奇的雁阵，我总会有一阵微微的激动，有许多奇妙的联想，有一些难以得到解答的疑问……

大雁啊，南来北去的大雁，你们愿意在我的窗前小作停留，和我谈谈吗？

二

有人说你们怯懦——

是为了逃避严寒，你们才赶在第一片雪花飘落之前，迎着深秋的风，匆匆地离开北国，飞向南方……

是为了躲开酷暑，你们才赶在夏日的炎阳烤焦大地之前，浴着暮春的雨，急急地离开南方，飞向北国……

是怯懦吗？

为了这一份"怯懦"，你们将飞入漫长而又曲折的征途，等待你们的，是峻峭的高山，是茫茫的森林，是湍急的江河，是暴风骤雨，是惊雷闪电，是无数难以预料的艰难和险阻……然而你们起程了，没有半点迟疑，没有一丝畏缩，昂起头颅，展开翅膀，高高地飞上天空，满怀信心地遥望着前方……

是什么力量，驱使你们顽强地做着这样长途的飞行？是什么原因，使你们年年南来北往，从不误期？

是曾经有过山盟海誓的约会吗？

是为了寻找稀世的珍宝吗？

告诉我，大雁，告诉我……

三

如果可能，我真想变成一片宁静的湖泊，铺展在你们的征途中。夜晚，请你们停留在我的怀抱里，我要听听你们喁喁私语，听你们倾吐遥远的思念和向往，诉说征程中的艰辛和欢乐……

如果可能，我也想变成一片摇曳着绿荫的芦苇荡，欢迎你们飞来宿营。也许，当我的温柔的绿叶梳理过你们风尘仆仆的羽毛，掸落你们翅膀上的雨珠灰土之后，你们会向我一吐衷曲，告诉我许多不为世人所知的隐秘的奇遇……

当然，我更想变成你们中间的一员，变成一只大雁。我要紧跟着你们勇敢的头雁，看它是如何率领着雁阵远走高飞的。我要看看——

在扑面而来的狂风之中，你们是如何尖厉地呼号着，用小小的翅膀，搏击强大的风魔……

在倾盆而下的急雨之后，你们是如何微笑着抖落满身水珠，重新蹿入云空……

在突然出现的秃鹫袭来之时，你们是如何严阵以待，殊死相搏……

我要看看，在你们的战友牺牲之后，你们是如何痛苦地徘徊盘旋，如何伤心地呜咽悲泣。也许，你们会允许我和你们一起，围着那至死仍作展翅高飞状的死者，一起洒下一行崇敬的眼泪……

四

猛烈凶暴的飓风和雷电，曾经使你们的伙伴全军覆灭——在进行了悲壮的搏斗后，天空里一时消失了你们的队列，消失了你们的歌声；广阔无垠的原野上，撒满了你们的羽毛；奔腾起伏的江河里，漂浮着你们的躯体……

我知道你们曾悲哀，你们曾流泪，然而你们会后悔吗？你们会因此而取消来年的旅程，因此而中断你们的追求吗？

不会的！不会的！

当春风再度吹绿江南柳丝的时候，你们威严的阵容，便又会出现在辽阔的天幕上，向北，向北……

当秋风再度熏红塞外柿林的时候，你们欢乐的歌声，便又会飘漾在湛蓝的晴空里，向南，向南……

你们怎么会后悔呢！你们的追求，千年万载地延续着，从未有过中断！

我想象你们刚刚啄破蛋壳的雏雁，当你们大张着小嘴嗷嗷待哺的时候，也许就开始聆听父母叙述那遥远的思念，解释那永无休止的迁徙的意义了。而当你们第一次展开腾飞的翅膀，父母们便要带着你们去长途跋涉……

我想象你们耗尽了精力的老雁，当秋风最后一次抚摸你们衰弱的翅膀，当大地最后一次向你们展示亲切的面容，当后辈们诀别你们列队重上征程，你们大概会平静地贴紧了泥土，安心地闭上眼睛的——你们是在追求中走完了生命之路啊！

大雁，渺小而又不凡的候鸟家族啊，请接受我的敬意！

五

雁阵又出现在湛蓝的晴空里。

我站在地上，离你们那么遥远。然而我觉得离你们很近。我的思绪，常常会跟着你们远走高飞……真的，我真想像你们一样，为了心中的信念，毕生飞翔，毕生拼搏。

蛇

恐惧大概并不是一种先天的情绪。成人以为是可怕得不得了了的事情，在幼儿眼里，也许有趣得很。

七年前我从墨西哥回来，带回来的照片中，有一张是我和一条蟒蛇的合影。那是在访问墨西哥城的一家电影制片厂时，参观了一群动物演员，其中有一条三米长的大蟒蛇。主人怂恿我和蟒蛇合影，为了不让对方低估我的胆量，我就硬着头皮让那条大蟒盘到我的身上，感觉它那冷冰冰的躯体缠住我的身体，摩擦我的脖颈，看它用一对小而贼亮的眼睛盯着我，看它张嘴向我吐着血红的舌头……在照片上，我还强颜作笑，其实心里非常紧张。这是我一生中经历的可以称作是恐怖的情景之一。回到家里，所有来看照片的人都对我和蟒蛇的合影印象最为深刻。当时儿子才一岁多一点，还不会说话，别人看照片，他也要凑热闹，非要挥动着小手扑上来看一眼不可。他最感兴趣的，也是这张画面上有蛇的照片。在生活中，他还从来没有看见过蛇，他因此而感到新鲜。对蛇的第一印象，在他大概是很亲切的，这巨大的长虫既然可以和自己的父亲这么亲热地缠在一起，当然是一种可以亲近的动物了。

　　大概是儿子两岁多一点的时候，有一次，我带他到公园里去。那是一个春日的下午，有很好的太阳。公园里来了一个马戏团，每天傍晚表演马戏。下午，是动物们休息的时候。那天下午，公园里几乎没有什么人，我带着儿子走进了马戏团的后院。那是一片草地，草地上放着一排兽笼，笼中关着黑熊、狗、猴子和山羊。还有一条近三米长、碗口粗的大蟒，静静地躺在草地上晒太阳。进入这个动物世界，儿子一下子兴奋起来，他最感兴趣的，不是笼子里的那些动物，而是躺在草地上的大蟒。他用力甩开我的手，跌跌撞撞地向大蟒跑去。我想阻拦他，已经来不及，他三步两步就跑到了大蟒跟前，并且向大蟒伸出手去。我奔到他身边时，他的小手已经摸到了大蟒的头上。笼子里猴子们突然惊惶不安地上蹿下跳，发出尖厉的叫喊……

　　若在常人的眼里，儿子手摸蟒蛇脑袋的镜头大概千钧一发，异常惊险。我虽然很紧张，但还不至于吓得慌了手脚，因为我知道马戏团的大蟒必定受过训练，一般温顺而不伤人。当看到大蟒没有什么反应时，我就更大胆了，索性和儿子一起，在大蟒身边蹲下来，看它有什么反应。那大蟒大概是受了惊吓，突然从草地上竖起身子，双目炯炯地盯着儿子，火红的舌头在嘴里一伸一缩，样子极其可怕。儿子却觉得很好玩，他的小手又向大蟒的头伸过去……

说时迟，那时快，还没等儿子的小手触到大蟒的头，从兽笼后面猛地冲出一个小伙子，拉住蟒蛇的尾巴，一下子把大蟒拖开了。

"你！怎么啦？"小伙子愤怒而又困惑地指着我大喊，"你是不是有病，让小孩去玩大蟒，不要命啦！"

"这蟒蛇，会咬人吗？"我笑着问。

"不咬人，它也是蛇啊。如果被它咬一口，怎么办？"小伙子一边把大蟒关进笼子，一边摇着头，"我还是头一回看到一个做老子的把自己的儿子往蛇嘴里送！告诉你，它一口能吞下一只兔子呢！"

我和那小伙子对话时，儿子仍然吵着要去和那条大蟒玩，他根本没有危险的意识。对那个把大蟒拖走的小伙子，他的意见可大了，嘴里不住嘟囔着："叔叔坏，叔叔坏，还我蛇蛇，还我蛇蛇。"

此时，被儿子亲热地称作"蛇蛇"的大蟒，正焦灼不安地在铁丝笼子里翻腾，血红的舌头从铁丝网里不停地往外吐着……

听着小伙子的话，再看笼子里的大蟒，我真有些后怕了。回想刚才那一幕，确实有点可怕，这样冒险，真是拿儿子的小命开玩笑了。我怎么成了如此鲁莽的父亲？

转眼这故事已经过去了六年多。儿子九岁了。在他后来接触的大部分故事中，无论是电影银幕、电视荧屏或是各种各样的书籍，蛇的形象差不多都是凶恶残忍的，在他的心目中，蛇简直成了邪恶的代名词。在幼儿园里，他曾经为小朋友们背诵过《农夫与蛇》，得到过老师的表扬；在后来创作的图画中，他把蛇画成了面目狰狞的妖魔。其实，自打那次在马戏团的后院里摸大蟒之后，他再也没有机会接触过蛇。最近，我把他小时候不怕蛇的故事讲给他听，他几乎不敢相信。

"真的吗？我敢去摸大蟒蛇的脑袋？"

"真的。"我又问他，"假如现在再叫你和一条大蟒蛇待在一起，你敢不敢？"

"当然不敢。"儿子不假思索地回答，回答完之后，他似乎有点想不通，"咦，奇怪了，难道我现在还不如小时候勇敢？"

我告诉他，并不是他现在不勇敢，而是他小时候还不懂什么是恐惧。

1994年1月26日于四步斋

丙戌说狗

农历丙戌，生肖逢狗，所谓"狗年"。狗，一时成了热门话题。

走在街头，不时会看到有关狗年的广告。狗是当代人生活中最热门的宠物，狗的品类也是五花八门，不亚于商铺里花样翻新的时装。不过，中国人的词典里，狗却不是个吉祥之词，随口能说出的有关的狗的成语和俗语，大多含义不雅，如：狗腿子、狗奴才、狗杂种、狗崽子、狗东西、狗血喷头、狗仗人势、狗尾续貂、狗急跳墙、狗屁不通、狼心狗肺、狐朋狗友、贼头狗脑、鸡鸣狗盗、偷鸡摸狗、狗嘴里吐不出象牙、狗拿耗子多管闲事……要在现成的词典里找几个带有"狗"字的褒义词，还真不容易。前几天，在热闹的淮海路上，看到这样一条红字大标语："狗年行狗运"，不禁哑然失笑。这标语当然是想表示吉利，但读来却生硬刺耳。我想，大概不会有多少人会宣称自己要交"狗运"吧。

中国人对待狗，确实有点不公平，那么多贬义词，都和狗有关。在中国人的古老神话中，也没有多少和狗有关的美好的传说。人们熟悉的，有"天狗吞月"的故事，有《西游记》中帮二郎神咬翻了孙悟空的那头哮天犬。两则故事中，狗的形象都不美妙。古代传说中，有二十八星宿，狗是其中一个星宿，谓之"娄金狗"。不过这并不算什么大荣耀，在这二十八星宿中，和狗并列的不仅有獐鼠狐狼之类，连蚯蚓也榜上有名。

在丙戌春节临近时，应该为狗说一点好话，这不是一件难事，因为，在现实生活中，狗是人类的最亲近的动物，这是全世界公认的事实。自有史以来，狗便是人类的朋友。中国人说的六畜，狗一直榜上有名，《三字经》中说得很明白："马牛羊，鸡犬豕，此六畜，人所饲。"狗是人类生活的好帮手，狗能为人看门守夜，能保护牛羊，能参与围猎。在中国古代的民间故事中，有两则关于狗的故事，也许知道的人不多，但却道出了狗的好处。一则的故事情节是这样的：一老地主病亡，遗有二子，哥哥贪心，弟弟忠厚。

分家时，哥哥独吞大部分家产，弟弟只得到一点贫瘠的土地，还有一条老狗。分家后，弟弟和那条狗相依为命，狗不仅陪伴他过日子，还为他拉犁耕田。狗死后，变成一只老鸦，每天停栖在弟弟门前的柳树上，一边叫，一边排泄出金子，后来又变成大雁，飞到弟弟的柳条筐里下蛋。弟弟因此过上了富足的生活。而那个贪心的哥哥，却耗尽家产，最后穷困潦倒。还有一则故事，和晋代文豪陆机有关。陆机是松江人，养有一条狗，名黄耳，终日不离左右，此狗黠慧，颇解人意，能听懂主人的话。陆机羁旅京师洛阳，独居客栈，很久没有和家里联系，便开玩笑对身边的黄耳说："你能帮我送信到家里去吗？"黄耳摇尾点头，似在应允。陆机试着写了一封信，装在竹筒中，将竹筒系在黄耳脖子上。黄耳当即离开客栈，独自飞奔南下。洛阳离松江千里之遥，一条狗要翻山越岭过江涉河抵达目的地，怎么可能。然而五十天后，精疲力竭的黄耳竟带着陆机家里的回信返回洛阳。陆机读完家信，方才发现历尽千辛万苦的黄耳已躺在他脚下静静死去。陆机抱着黄耳痛哭流涕，如失亲人，他亲手厚葬爱犬，为它筑墓立碑，在当时传为美谈。

狗对主人的忠诚，没有任何动物能及。古往今来，"义犬救主""忠犬殉主"的故事数不胜数。"儿不厌母丑，狗不嫌家贫",大概是说到狗的难得的褒义语句,不过描绘的却是实情。现代作家的小说中,也有一些令人难忘的狗。如峻青的小说《老水牛爷爷》中那条大黄狗。老水牛爷爷用身体堵洪水在坝下献身,他养的大黄狗在堤坝上绝食半个月,最后抑郁而死。胡景芳的小说《苦牛》中,也写了一条聪明忠诚的狗,这条名为"大黑"的狗和他的小主人苦牛同甘共苦,不畏强暴,不恋富贵,最后躺在苦牛的墓地上死去。这样的情节,相信不是作家的凭空杜撰。最近,收到很多贺年卡,不少卡上印有狗的图案。北京一位朋友寄来的一张贺卡上,画着一条可爱的小狗,作者是画家韩美林。于是想起韩美林对我讲过的故事,那是他和一条小狗的故事。"文革"中,韩美林受尽批判凌辱,几乎没有一个人敢和他接近,只有一条忠诚的小狗,不管他如何落难,始终跟随他亲近他,暴徒的呵斥毒打,无法改变这条小狗对他的忠诚。韩美林从狱中释放后,第一件事就是去找那条小狗,然而那条被打成重伤的小狗已经奄奄一息。人性中珍贵的美德,竟在一条小狗身上表现得淋漓尽致。很多年之后,韩美林回忆起这条小狗,依然泪水盈眶。

说起狗的好处,当然也可以说说狗的勇猛机警和聪明。狗的勇猛,在动物中也很难得,一犬能伏野牛,二犬能御群狼,三犬能敌猛虎,四犬能降雄狮,这样的描述,好像有些夸张，却是事实。而那些训练有素的警犬，不仅勇猛，而且灵敏，很多人类无法做到的事情，它们能做到，它们的鼻子，能嗅出罪犯最细微的蛛丝马迹。

从前，我们常常讽刺西方社会养狗成风，养狗，似乎就是奢侈无聊的象征。养宠物狗已经成为很普通的事，狗成了许多家庭的一分子。打开电视，常常能看到狗在电视屏幕上摇头摆尾，这也是世风。我没有养过狗，但看到不少亲友热衷此道，也听他们对自己的狗宝贝津津乐道，他们的日子因为狗而增添很多乐趣。不过，看到那些牵着名犬趾高气扬、炫耀攀比的人，心里还是有点别扭。其实，对狗的评价，都是源自人的好恶标准。中国人的词典中为什么有那么多贬狗的词语，其实大多也是因为狗的忠诚。狗不会分辨人世间的善恶，只要是主人，一律忠诚不贰。恶人养狗，狗便会帮着作恶，狗仗人势乱咬乱叫，于是留下无数骂名。我想，只要人心向善，恶狗大概也会越来越少吧。

窗外爆竹声声，正在迎接新春。其实，新年和狗并没有什么关系，丙戌春节来临时，说几句有关狗的闲话，供读者一笑。近日上网，见网上有不少关于狗的春联，其中不乏智慧之作，谨选一联，作为这篇杂谈的结尾：

於亲愿效犬马之劳，於国甘献犬马之忠。

2006年1月22日于四步斋

与象共舞

　　在泰国，如果你在公路边或者树林里遇到大象，那是一件很自然的事。不必惊奇，也不必惊慌，大象对人群已经习以为常，它会对着你摇一摇它那对蒲扇般的大耳朵，不慌不忙地继续走它自己的路，一副悠闲沉着的样子。

　　象是泰国的国宝。这个国家最初的发展和兴盛，和象有着密切的关系。大象曾经驮着武士冲锋陷阵，攻城守垒；曾经任劳任怨地为泰国人做工服役。被驯服的大象走出丛林的那一天，也许就是当地生产、生活发生较大变化的日子。泰国人对大象存有亲切的感情，一点儿不奇怪。

　　在国内看大象，都是在动物园里远观，人和象离得很远。在泰国，人和象之间没有距离。很多次，我和象站在一起，象的耳朵拍到了我的肩膀，象的鼻息喷到了我的身上。起初我有些紧张，但看到周围那些平静坦然的泰国人，神经也就松弛了。在很近的距离看大象，我发现，象的表情非常平静。那对眼睛相对它的大脑袋，显得极小，目光却晶莹温和。和这样的目光相对，你紧张的心情自然就会松弛下来。

据说象是一种聪明而有灵气的动物。在泰国，大象用它们的行动证实了这种说法。在城市里看到的大象，多半是一些会表演节目的动物演员。在人的训练下，它们会踢球，会倒立，会用可笑的姿态行礼谢幕。最有意思的是大象为人做按摩。成排的人躺在地上，大象慢慢地从人丛里走过去，它们小心翼翼地在人与人之间寻找落脚点，每经过一个人，都会伸出粗壮的脚，在他们的身上轻轻地抚弄一番，有时也会用鼻子给人按摩。有趣的是，它偶尔也会和人开开玩笑。有一次，我看到一头象用鼻子把一位女士的皮鞋脱下来，然后卷着皮鞋悠然而去，把那位躺在地上的女士急得哇哇乱叫。脱皮鞋的大象一点儿也不理会女士的喊叫，用鼻子挥舞着皮鞋，绕着围观的人群转了一圈，才不慌不忙地回到那位女士身边，把皮鞋还给了她。那位女士又惊奇又尴尬，只见大象面对着她，行了一个屈膝礼，好像是在道歉。那庞大的身躯，屈膝点头时竟然优雅得像一个彬彬有礼的绅士。

　　最使我难以忘怀的，是看大象跳舞。那是在芭堤雅的东巴公园，一群大象为人们表演。表演的尾声，也是最高潮，在欢乐的音乐声中，象群翩翩起舞，观众都拥到了宽阔的场地上，人群和象群混杂在一起舞之蹈之，热烈的气氛感染了在场的每一个人。舞蹈的大象，没有一点儿笨重的感觉，它们随着音乐的节奏摇头晃脑，踮脚抬腿，前后左右颠动着身子，长长的鼻子在空中挥舞。毫无疑问，它们和人一样，陶醉在音乐之中了。这时，它们的表情仿佛也是快乐的。我想，如果大象会笑，此刻所展示的便是它们独特的笑。

热爱生命

　　父亲老了，七十有三了，年轻时那一头乌黑柔软的头发变得斑白而又稀疏。大概是天天在一起的缘故，真不知这头发是怎么白起来，怎么稀起来的。

　　有些人能返老还童，这话确实有道理。七十三岁的父亲，竟越来越像个孩子，对小虫小草之类的玩意儿的兴趣越来越浓。起初，是养金蛉子。乡下的亲戚用塑料盒子装了一只金蛉子，带给读小学的小外甥，却让他"扣"下来了。"小囡，迷上了小虫子，读书就没有心思了。"他一边微笑着申述理由，一边凑近透明的塑料盒子，仔细看那关在盒子里的小虫子。"听，它叫了！"他压低了声音，惊喜地告诉我，并且要我来看。盒子里的金蛉子果然在叫，声音幽幽的，但极清脆，仿佛一根银弦在很远的地方颤动。金蛉子形似蟋蟀，但比蟋蟀小得多，只有米粒大小，背脊上亮晶晶地披着一对精巧的翅膀，叫的时候那对翅膀便高高地竖起来，像两面透明的金色小旗在飘……

金蛉子成了他的宝贝了。他把塑料盒子带在身边，形影不离，有空的时候，就拿出盒子来看，一看就出神，旁人说什么做什么都不知道。时间长了，他仿佛和盒子里的金蛉子有了一种旁人无法理解的交流。那幽幽的叫声响起来的时候，他便微笑着陷入沉思，表情完全像个孩子。一次，他把塑料盒放在掌心里，屏息静气地谛视了好久。见我进屋来，他神秘地一笑，喜滋滋地说："相信么，我能懂得金蛉子的意思呢！"

我当然不相信，这怎么可能呢！于是他把我拉到身边，要我和他一起盯着盒子里的金蛉子看。"我要它叫，它就会叫。"他很自信，也很认真。米粒大小的金蛉子稳稳地站在盒子中央，两根蛛丝般的触须悠然晃动着，像是在和人打招呼。看了一会儿，他突然轻轻地叫了起来：

"听着，它马上就要叫了！听着！"

果然，他的话音刚落，金蛉子背上两片亮晶晶的翅膀便一下子竖了起来，那幽泉般的鸣叫声便如歌如诉地在我的耳畔回旋……

"它马上要停了，你听着！"

金蛉子叫得正欢，父亲突然又轻轻推了我一下，用耳语急促地告诉我。他的话音未落，金蛉子果真停止了鸣叫。

这事情真有些奇了。我问父亲这其中究竟有什么奥秘，他笑了，并不是得意扬扬的笑，而是浅浅的淡淡的一笑。他说："其实吭啥稀奇的，看得多了，摸到它的规律了。不过，这小生命确实有灵性呢，小时候，我就喜欢听它们叫，这叫声比什么歌子都好听。有些孩子爱看它们格斗，把它们关在小盒子里，它们也会像蟋蟀一样开牙厮咬，可这有啥意思呢，人间互相残杀得还不够，还要看这些小生灵互相残杀取乐！小时候，我就喜欢听它们唱歌……"

他沉浸在童年的回忆中，绘声绘色地讲起了童年乡下的琐事，讲他怎样在草丛里捉金蛉子，怎样趁着月色和小伙伴一起去地主的瓜田里偷西瓜。在玉米田里，在那无边无际的青纱帐中，孩子们用拳头砸开西瓜吃个饱，然后便躺在田垄上，看着天上的月牙、星星和银河，静静地听田野里无数小生命的大合唱。织布娘娘、纺纱童子、蟋蟀、油葫芦，以及许许多多无法叫出名字的小虫子，都在用不同的声音唱着自己的歌，它们的歌声和谐地交织在一起，使黯淡的夏夜充满了生机，充满了宁静的气息……

"最好听的，还是金蛉子。"说起金蛉子，父亲兴致特别浓，"金蛉子里，有地金蛉和天金蛉。天金蛉爬在桃树上，个儿比地金蛉大得多，翅膀金赤银亮，像一面小镜子，叫起来声音也响，像是弹琴，可天金蛉少得很，难找，它们是属于天上的。地金蛉才是属于我们的。别看地金蛉个儿小，叫声幽，那声音可了不起，大地上所有好听的声音，都能在地金蛉的叫声里找到。不信，你来听听。"

盒子里的金蛉子又叫起来了。父亲侧着头，听得专注而又出神，脸上又露出孩子般的微笑……

秋深了。风一阵凉似一阵。橘黄的梧桐叶在窗外飞旋，跳着寂寞的舞蹈。塑料盒里的金蛉子开始变得沉默寡言了，越来越难得听到它的鸣叫。父亲急起来，常常凝视着塑料盒子发呆。盒子里的金蛉子也有些呆了，缩在角落里一动不动，那一对小小的响翅似乎也失去了亮晶晶的光泽。

"你把它放在贴身的衣袋里试试，用体温暖着它，兴许还能过冬呢！"母亲见父亲愁眉不展，笑着提了一个建议。

父亲真把塑料盒藏进了贴身的衬衣口袋。金蛉子活下来了，并且又像以前那样叫起来。不过金蛉子的歌声旁人是很难听见了，它只是属于父亲的，只要看到他老人家一动不动地站着或者坐着微笑沉思，我就知道是金蛉子在叫了。有时候，隐隐约约能听见金蛉子鸣唱，幽幽的声音是从父亲的身上，从他的胸口里飘出来的。这声音仿佛一缕缕透明无形的烟雾，奇妙地把微笑着的父亲包裹起来。这烟雾里，有故乡的月色，有父亲儿时伙伴的笑声和脚步声……

于是，我想起屠格涅夫那篇题为《老人》的散文诗来：

　　……那么，你感到憋闷时，请追溯往事，回到自己的记忆中去吧——在那儿，深深地、深深地，在百思交集的心灵深处，你往日可以理解的生活会重现在你的眼前，为你闪耀着光辉，发出自己的芬芳，依然饱孕着新绿和春天的妩媚与力量！

1984年8月12日于上海

城中天籁

在城里住久了，有时感觉自己是笼中之鸟，天地如此狭窄，视线总是被冰冷的水泥墙阻断，耳畔的声音不外乎车笛和人声。走在街上，成为汹涌人流中的一滴水，成为喧嚣市声中的一个音符，脑海中那些清净的念头，一时失去了依存的所在。

我在城中寻找天籁。她像一个顽皮的孩童，在水泥的森林里和我捉迷藏。我听见她在喧嚣中发出幽远的微声：只要你用心寻找，静心倾听，我无处不在。我就在你周围无微不至地悄然成长着，蔓延着，你相信吗？

想起了陶渊明的诗句："结庐在人境，而无车马喧。问君何能尔？心远地自偏。"在人海中"结庐"，又能躲避车马喧嚣，可能吗？诗人自答："心远地自偏。"只要精神上远离了人间喧嚣倾轧，周围的环境自会变得清静。这首诗，接下来就是无人不晓的名句："采菊东篱下，悠然见南山。"我的住宅周围没有篱笆，也无菊可采，抬头所见，只有不远处的水泥颜色和邻人的窗户。

我书房门外走廊的东窗外，一缕绿荫在风中飘动。

我身居闹市，住在四层公寓的三楼，这是大半个世纪前建造的老房子。这里的四栋公寓从前曾被人称为"绿房子"，因为，这四栋楼房的墙面，被绿色的爬山虎覆盖，除了窗户，外墙上遍布绿色的藤蔓和枝叶。在灰色的水泥建筑群中，这几栋爬满青藤的小楼，就像一片青翠的树林凌空而起，让人感觉大自然还在这个人声喧嚣的都市里静静地成长。我当年选择搬来这里，很重要的原因就是因为这些爬山虎。

搬进这套公寓时，是初冬，墙面上的爬山虎早已褪尽绿色，只剩下无叶的藤蔓，蚯蚓般密布墙面。住在这里的第一个冬天，我一直心存担忧，这些枯萎的藤蔓，会不会从此不再泛青。我看不见自己窗外的墙面，只能观察对面房子墙上的藤蔓。整个冬天，这些藤蔓没有任何变化，在凌厉的寒风中，它们看上去已经没有生命的迹象了。

寒冬过去，风开始转暖，然而墙上的爬山虎藤蔓依然不见动静。每天早晨，我站在走廊里，用望远镜观察东窗对面墙上的藤蔓，希望能看到生命复苏的景象。终于，那些看似干枯的藤蔓开始发生变化，一些暗红色的芽苞，仿佛是一夜间长成，起初只是米粒大小，密密麻麻，每日见大，不到一个星期，芽苞便纷纷绽开，吐出淡绿色的嫩叶。僵卧了一冬的藤蔓，在春风里活过来，新生的绿色茎须在墙上爬动，它们不动声色地向上攀缘，小小的嫩叶日长夜大，犹如无数绿色的小手掌，在风中挥舞摇动，永不知疲倦。春天的脚步，就这样轰轰烈烈地在水泥墙面上奔逐行走。没有多少日子，墙上已是一片青绿。而我家里的那几扇东窗，成了名副其实的绿窗。窗框上，不时有绿得近乎透明的卷须和嫩叶探头探脑，日子久了，竟长成轻盈的窗帘，随风飘动。透过这绿帘望去，窗外的绿色层层叠叠，影影绰绰，变幻不定，心里的烦躁和不安仿佛都被悄然过滤。在我眼里，窗外那一片绿色，是青山，是碧水，是森林，是草原，是无边无际的田野。此时，很自然地想起陶渊明的诗，改几个字，正好表达我喜悦的心情："觅春东窗下，悠然见青山。"

有绿叶生长，必定有生灵来访。爬山虎的枝叶间，时常可以看到蝴蝶翩跹，能听到蜜蜂的嗡嗡欢鸣，蜻蜓晶莹的翅膀在叶梢闪烁，还有不知名的小甲虫，背着黑红相间的甲壳，不慌不忙在晃动的茎须上散步。也有壁虎悄悄出没，那银灰色的腹部在绿叶间一闪而过，犹如神秘的闪电。对这些自由生灵来说，这墙上绿荫，就是它们辽阔浩瀚的原野山林。

爬山虎其实和森林里的落叶乔木一样，一年四季经历着生命盛衰的轮回，也让我见识了生命的坚忍。爬山虎的叶柄处有脚爪，是这些小小的脚爪抓住了墙面，使藤蔓得以攀缘而上，用表情丰富的生命色彩彻底改变了僵硬冰冷的水泥墙。爬山虎的枝叶到底有多少色彩，我一时还说不清楚。春天的嫩红浅绿，夏日的青翠墨绿，让人赏心悦目。爬山虎也开花，初夏时分，浓绿的枝叶间出现点点金黄，有点像桂花。它们的香气，我闻不到，蝴蝶和蜜蜂们闻到了，所以它们结伴而来，在藤蔓间上上下下忙个不停。爬山虎的花开花落，没有一点张扬，都是在不知不觉之中。花开之后也结果，那是隐藏在绿叶间的小小浆果，呈奇异的蓝黑色。这些浆果，竟引来飞鸟啄食。麻雀、绣眼、白头翁、灰喜鹊，拍着翅膀从我窗前飞过，停栖在爬山虎的枝叶间，觅食那些小小的浆果。彩色的羽翼和欢快的鸣叫，掠过葳蕤的绿叶柔曼的藤须，在我的窗外融合成生命的交响诗。

秋风起时，爬山虎的枝叶由绿色变成橙红色，又渐渐转为金黄，这真是大自然奇妙的表演。秋日黄昏，金红的落霞映照着窗外的红叶，使我想起色彩斑斓的秋山秋林，也想起古人咏秋的诗句，尽管景象不同，但却有相似意境，"树树皆秋色，山山唯落晖"，"山明水净夜来霜，数树深红出浅黄"。

一天，一位对植物很有研究的朋友来看我。他看着窗外的绿荫，赞叹了一番，突然回头问我："你知道，爬山虎还有什么名字吗？"我茫然。朋友笑笑，自答道："它还有很多名字呢，常春藤，红丝草，爬墙虎，红葛，地锦，捆石龙，飞天蜈蚣，小虫儿卧草……"他滔滔不绝地说出一长串名字，让我目瞪口呆，却也心生共鸣。这些名字，一定都是细心观察过爬山虎生长的人创造的。朋友细数了爬山虎的好处，它们是理想的垂直绿化，既能美化环境，调节空气，又能降低室温。它们还能吸收噪音，吸附飞扬的尘土。爬山虎对建筑物，没有任何伤害，只起保护作用。潮湿的天气，它们能吸去墙上的水分，干燥的时候，它们能为墙面保持湿度。朋友叹道："你的住所，能被这些常青藤覆盖，是福气啊。"

我从前曾在家里种过一些绿叶植物，譬如橡皮树、绿萝、龟背竹，却总是好景不长。也许是我浇水过了头，它们渐渐显出萎靡之态，先是根烂，然后枝叶开始枯黄。目睹着这些绿色的生命一日日衰弱，走向死亡，却无力挽救它们，实在是一件苦恼的事情。而窗外的爬山虎，无须我照顾，却长得蓬勃茁壮，热风冷雨，炎阳雷电，都无法破坏它们的自由成长。

爬山虎在我的窗外生长了五个春秋，我以为它们会一直蔓延在我的视野里，让我感受大自然无所不在的神奇。也曾想把我的"四步斋"改名为"青藤斋"。谁知这竟成为我的一个梦想。

那是一个盛夏的午后，风和日丽。我无意中发现，挂在我窗外的绿色藤蔓，似乎有点干枯，藤蔓上的绿叶蔫头蔫脑，失去了平日的光泽。窗子对面楼墙上那一大片绿色，也显得比平时黯淡。这是什么原因？我研究了半天，无法弄明白。第二天早晨，窗外的爬山虎依然没有恢复应有的生机。经过一天烈日的晒烤，到傍晚时，满墙的绿叶都呈萎缩之态。会不会是病虫之患？我仔细察看那些萎缩的叶瓣，没有发现被虫蛀咬的痕迹。第三天早晨起来，希望看到窗外有生命的奇迹出现，拉开窗帘，竟是满眼惨败之相。那些挂在窗台上的藤蔓，已经没有一点湿润的绿意，就像晾在风中的咸菜干。而墙面上的绿叶，都已经枯黄。这些生命力如此旺盛的植物，究竟遭遇了什么灾难？

我走出书房，到楼下查看，在墙沿的花坛里，看到了触目惊心的景象：碗口粗的爬山虎藤，竟被人用刀斧在根部齐齐切断！四栋公寓楼下的爬山虎，遭遇了相同的厄运。这样的行为，无异于一场残忍的谋杀。生长了几十年的青藤，可以抵挡大自然的风雨雷电，却无法抵挡人类的刀斧。后来我才知道，砍伐者的理由很简单，老公寓的外墙要粉刷，爬山虎妨碍施工。他们认为，新的粉墙，要比爬满青藤的绿墙美观。未经宣判，这些美妙的生命，便惨遭杀戮。

　　断了根的爬山虎还在墙上挣扎喘息。绿叶靠着藤中的汁液，在烈日下又坚持了几天，一周后，满墙绿叶都变成了枯叶。不久，枯叶落尽，只留下绝望的藤蔓，蚯蚓般密布墙面，如同神秘的天书，也像是抗议的符号。这些坚忍的藤蔓，至死都不愿意离弃水泥墙，直到粉墙的施工者用刀铲将它们铲除。

　　"绿房子"从此消失。这四栋公寓楼，改头换面，消失了灵气和个性，成了奶黄色的新建筑，混迹于周围的楼群中。也许是居民们的抗议，有人在楼下的花坛里补种了几株紫藤。也是柔韧的藤蔓，也是摇曳的绿叶和嫩须，一天天，沿着水泥墙向上攀爬……

　　紫藤，你们能代替死去的爬山虎吗？

2010年10月6日于四步斋

假如你想做一株腊梅

果然，你喜欢那几株腊梅了，我的来自南方的朋友。

你的歆羡的目光久久停留在我的书桌上，停留在那几株刚刚开始吐苞的腊梅上。你在惊异：那些看上去瘦削干枯的枝头，何以竟结满密匝匝的花骨朵儿？那些看上去透明的、娇弱无力的淡黄色小花，何以竟吐出如此高雅的清香？那清香不是静止的，它无声无息地在飞，在飘，在流动，像是有一位神奇的诗人，正幽幽地吟哦着一首无形无韵然而无比优美的诗。腊梅的清香弥漫在屋子里，使我小小的天地充满了春的气息，尽管窗外还是寒风呼啸、滴水成冰。我们都深深地陶醉在腊梅的风韵和幽香之中。你久久凝视着腊梅，突然扑哧一声笑起来。

"假如下一辈子要变成一种植物的话，我想做一株腊梅。你呢?"

你说着笑着就走了，却让我一阵好想。假如，你真的变成一株腊梅，那会怎么样呢?我默默地凝视着书桌上那几株腊梅，它们仿佛也在默默地看我。如果那流动的清香是它们的语言的话，那它们也许是在回答我了。

好，让我试着来翻译它们的语言，你听着——

假如你想做一株腊梅，假如你乐意成为我们当中的一员，那么你必须坚忍，必须顽强，必须敢于用赤裸裸的躯体去抗衡暴风雪。你能吗?

当北风在空旷寂寥的大地上呼啸肆虐，冰雪冷酷无情地封冻了一切扎根于泥土的植物的时候，当无数生命用消极的冬眠躲避严寒的时候，你却应该清醒着，应该毫无畏惧地伸展出光秃秃的枝干，并且要把毕生的心血都凝聚在这些光秃秃的枝干上，凝结成无数个小小的蓓蕾，一任寒风把它们摇撼，一任严霜把它们包裹，一任飞雪把它们覆盖……没有一星半瓣绿叶为你遮挡风寒!你能忍受这种煎熬吗?

假如你想做一株腊梅，你必须具备牺牲精神，必须毫无怨言地奉献出你的心血和生命的结晶。你能吗?

当你历尽千辛万苦，终于迎着风雪开放出你的小小的花朵，你一定无比珍惜这些美丽的生命之花。然而灾祸常常因此而来。为了在万物肃杀时你的一枝独秀的花朵，为了你的预报春天信息的清香，人们的刀斧和钢剪将会无情地落到你的身上，你能承受这种牺牲吗？也许，当你带着刀剪的创痕进入人类的厅堂，在一只雪白的瓷瓶或者一只透明的玻璃瓶里默默完成你生命的最后乐章时，你会生出无穷的哀怨，尽管有许多人微笑着欣赏你，发出一声又一声由衷的赞叹。如果人们告诉你，奉献和给予是一种莫大的幸福，你是否赞同？

假如你想做一株腊梅，你必须忍受寂寞，必须习惯于长久地被人们淡忘冷落。你能吗？

请记住，在你的一生中，只有结蕾开花的那些日子你才被世界注目。即便是花儿盛开之时，你也是孤零零的，没有别的什么花卉愿意和你一起开放，甚至没有一簇绿叶陪伴你。当冰雪消融，当温暖的春风吹绿了世界，当万紫千红的花朵被水灵灵的绿叶扶衬着竞相开放，你的花儿早已谢落殆尽。这时候，人们便忘记了你，春之圆舞曲是不会为你奏响的。

我把做一株腊梅的幸与不幸、欢乐与痛苦都告诉你了。现在，请你告诉我，你，还想不想做一株腊梅。

哦，我的南方的朋友，我把腊梅向我透露的一切，都写在这里了。当你在和煦的暖风里读着它们，不知道你还会不会以留恋的心情，想起我书桌上那几株腊梅。此刻，北风正在敲打着我的窗户，而我的那几株腊梅，依然在那里默默地绽蕾，默默地吐着清幽的芬芳……

顶碗少年

在冰天雪地的严寒中，再搏一下，一定会迎来温暖的春天——

这就是那位顶碗少年给我的启迪。

母亲和书

又出了一本新书。第一本要送的，当然是我的母亲。在这个世界上，最关注我的，是她老人家。

母亲的职业是医生。年轻的时候，母亲是个美人，我们兄弟姐妹都没有她年轻时独有的那种美质。儿时，我最喜欢看母亲少女时代的老照片，她穿着旗袍，脸上含着文雅的微笑，比旧社会留下来的年历牌上那些美女漂亮得多，就是三四十年代上海滩那几个最有名的电影明星，也没有母亲美。母亲小时候上的是教会的学校，受过很严格的教育。她是一个受到病人称赞的好医生。看到她为病人开处方时随手写出的那些流利的拉丁文，我由衷地钦佩母亲。

在我童年的记忆里，母亲是个严肃的人，她似乎很少对孩子们做出亲昵的举动。而父亲则不一样，他整天微笑着，从来不发脾气，更不要说动手打孩子。因为母亲不苟言笑，有时候也要发火训人，我们都有点怕她。记得母亲打过我一次，那是在我七岁的时候。那天，我在楼下的邻居家里顽皮，打碎了一张清代红木方桌的大理石桌面，邻居上楼来告状，母亲生气了，当着邻居的面用巴掌在我的身上拍了几下，虽然声音很响，但一点也不痛。我从小就自尊心强，母亲打我，而且当着外人的面，我觉得很丢面子。尽管那几下打得不重，我却好几天不愿意和她说话，你可以说我骂我，为什么要打人？后来父亲悄悄地告诉我一个秘密："你不要记恨你妈妈，那几下，她是打给楼下告状的人看的，她才不会真的打你呢！"我这才原谅了母亲。

我后来发现，母亲其实和父亲一样爱我，只是她比父亲含蓄。上学后，我成了一个书迷，天天捧着一本书，吃饭看，上厕所也看，晚上睡觉，常常躺在床上看到半夜。对读书这件事，父亲从来不干涉，我读书时，他有时还会走过来摸摸我的头。而母亲却常常限制我，对我正在读的书，她总是要拿去翻一下，觉得没有问题，才还给我。如果看到我吃饭读书，她一定会拿掉我面前的书。一天吃饭时，我老习惯难改，一边吃饭一边翻一本书。母亲放下碗筷，板着脸伸手抢过我的书，说："这样下去，以后不许你再看书了。"我问她为什么,她说:"读书是一辈子的事情,你现在这样读法,会把自己的眼睛毁了,将来想读书也没法读。"她以一个医生的看法,对我读书的坏习惯做了分析,她说:"如果你觉得眼睛坏了也无所谓,你就这样读下去吧,将来变成个瞎子,后悔来不及。"我觉得母亲是在小题大做,并不当一回事。

其实,母亲并不反对我读书,她真的是怕我读坏了眼睛。虽然嘴里唠叨,可她还是常常从单位里借书回来给我读。《水浒传》《说岳全传》《万花楼》《隋唐演义》《东周列国志》《格林童话》《钢铁是怎样炼成的》《牛虻》等书,就是她最早借来给我读的。我过八岁生日时,母亲照惯例给我煮了两个鸡蛋,还买了一本书送给我,那是一本薄薄的小书《卓娅和舒拉的故事》。在50年代,哪个孩子生日能得到母亲送的书呢?

中学毕业后,我经历了不少人生的坎坷,成了一个作家。在我从前的印象中,父亲最在乎我的创作。那时我刚刚开始发表作品,知道哪家报刊上有我的文章,父亲可以走遍全上海的邮局和书报摊买那一期报刊。我有新书出来,父亲总是会问我要。我在书店签名售书,父亲总要跑来看热闹,他把因儿子的成功而生出的喜悦和骄傲全都写在脸上。而母亲,却从来不在我面前议论文学,从来不夸耀我的成功。我甚至不知道母亲是否读我写的书。有一次，父亲在我面前对我的创作问长问短，母亲笑他说："看你这得意的样子，好像全世界只有你儿子一个人是作家。"

父亲去世后，母亲一下子变得很衰老。为了让母亲从悲伤沉郁的情绪中解脱出来，我们一家三口带着母亲出门旅行，还出国旅游了一次。和母亲在一起，谈话的话题很广，却从不涉及文学，从不谈我的书。我怕谈这话题会使母亲尴尬，她也许会无话可说。

去年，上海文艺出版社出版了我的一套自选集，四厚本，一百数十万字，字印得很小。我想，这样的书，母亲不会去读，便没有想到送给她。一次我去看母亲，她告诉我，前几天，她去书店了。我问她去干什么，母亲笑着说："我想买一套《赵丽宏自选集》。"我一愣，问道："你买这书干什么？"母亲回答："读啊。"看我不相信的脸色，母亲又淡淡地说："我读过你写的每一本书。"说着，她走到房间角落里，那里有一个被帘子遮着的暗道。母亲拉开帘子，里面是一个书橱。"你看，你写的书，一本也不少，都在这里。"我过去一看，不禁吃了一惊，书橱里，我这二十年中出版的几十本书都在那里，按出版的年份整整齐齐地排列着，一本也不少，有几本，还精心包着书皮。其中的好几本书，我自己也找不到了。我想，这大概是全世界收藏我的著作最完整的地方。

看着母亲的书橱，我感到眼睛发热，好久说不出一句话。她收集我的每一本书，却从不向人炫耀，只是自己一个人读。其实，把我的书读得最仔细的，是母亲。母亲，你了解自己的儿子，而儿子却不懂得你！我感到羞愧。

母亲微笑着凝视我，目光里流露出无限的慈爱和关怀。母亲老了，脸上皱纹密布，年轻时的美貌已经遥远得找不到踪影。然而在我的眼里，母亲却比任何时候都美。世界上，还有什么比母爱更美丽更深沉呢？

2000年4月

亲　婆

　　人的记忆是一个魔匣，它可以无穷无尽地装入，却不会丢失。你不打开这个魔匣，记忆都安安分分地在里面待着，不会来打搅你，也不会溜走。可是，只要你一打开它，往事就会像流水，像风，像变幻不定的音乐，从里面流出来，涌出来，你无法阻挡它们。

　　这几天，我突然想起了我的亲婆。亲婆，是我父亲的母亲，也就是祖母。我们家乡的习惯，都把祖母叫作亲婆。

　　亲婆去世的时候，我刚过十岁。我和她相处，不过几年，而且是在尚未开蒙的幼年，可是，直到今天，将近四十年过去了，亲婆的形象在我的记忆中还是那么清晰。她挪动着一双小脚，晃动着一头白发，微笑着向我走过来，一如我童年时。

亲婆是个很普通的老人，她的一生中大概没有任何惊心动魄的事件，我记忆中的故事和场景，也都平平常常，但我却无法忘记它们。我想，人间的亲情，大概就是这样。

她头上有只猫

我六岁之前，亲婆住在乡下，在崇明岛。我和亲婆之间，隔着一条浩浩荡荡的长江，我觉得她离我很远。

五岁那年，我乘船到乡下去玩。第一次看到亲婆时，我吓了一跳。亲婆的头上，竟然有一只大花猫！那只花猫亲昵地蹲在亲婆的肩头，把两只前爪搭在亲婆的头顶上。那时，我怕猫，尤其是那种有着虎皮斑纹的花猫，它们看上去阴险而凶猛，当它们大睁着绿色的眼睛瞪着我看的时候，我觉得它们的脑子里有很多狡猾残酷的念头，它们把我当作了老鼠，随时会向我扑过来。趴在亲婆头顶上的就是这样一只花猫。这只凶猛的花猫竟不怕我的矮小瘦弱的老亲婆，这实在使我感到吃惊。亲婆看着我，笑着站起来，那只花猫便从她的肩头跳下来，弓着身冲我怪叫一声，消失在阴暗的屋角里。

开始时，我觉得亲婆不可亲近，原因就是那只可怕的花猫。亲婆亲热地伸手摸我的脸时，我本能地往后躲。我想，她喜欢和这么吓人的猫亲热，为什么还要来和我亲热，我甚至觉得她的脸也有点像猫。

亲婆问我："你怕我?"

我点点头。

亲婆觉得很奇怪，又问："你为什么怕我?"

我回答："我看见猫爬在你头上。"

亲婆笑起来，她说："哦，我的孙子不喜欢猫爬到他亲婆的头上。"

后来，我发现那只花猫其实一点也不凶，第二天，它就和我熟悉了，看见我，它不再躲开，还会用它那毛茸茸的身体蹭我的脚。

随着那只猫在我心目中形象的渐渐改变，亲婆也慢慢变得可亲起来。

一直使我感到奇怪的是，除了第一次见到亲婆那一次，我以后再也没有见过那只花猫爬到她的头上。也许，亲婆知道我不喜欢看到那猫爬到她头上后，就再也不许猫在自己身上乱爬了。

她的小脚

亲婆年纪要比我大将近七十岁，她的脚却比我的还要小，这是多么奇怪的事情。亲婆的小脚，就是从前女人的那种"三寸金莲"。

那时，我在城里也看到过缠过足的老太太，人们把她们称作"小脚老太婆"。她们走路的样子很奇怪，尤其是疾步快跑的时候，摇摇摆摆，使人觉得她们随时会摔倒在地。我一直感到奇怪，老太太们的脚，怎么会这样小。对于我没有弄清楚的事情，我喜欢发问。现在，有了一个小脚的亲婆，我可以问个究竟了。"你的脚怎么这样小？"我问亲婆。

亲婆正坐着拣菜，我的问题使她有点不知所措。她不愿意解释，又不想被五岁的孙子问倒，就笑着敷衍说："乡下的女人，生下来就是小脚。"

这样的回答显然很荒谬，因为，站在边上的乡下女孩，脚就比她的还大。

我不满意了，大喊起来："亲婆骗人！亲婆骗人！"

见我这么喊，亲婆急了，她把我按到板凳上，开始告诉我，从前的女人怎样缠足。她甚至从箱子底下找出了一条长长的缠足布，比画给我看，当年的女人怎样缠足。

这个话题，对亲婆绝不是一个愉快的话题，但是为了满足我的好奇心，她不厌其烦地向我讲解着。

我问她缠足痛不痛。她皱了皱眉头，好像被人打了一下。

"痛不痛啊？"我追着问。

"痛。痛得差点要了我的命。"

"缠小脚又痛又难看，你为什么不把那布条扔掉呢？"我紧追不舍地问她。

"唉，"亲婆叹了口气，"那时我还是个小孩，是大人逼着这样做，没办法的。我偷偷把布条解开过，被打了一顿，布条又被绑上去，还绑得更紧，痛得我死去活来。做女人苦哇……"

我后来才知道，亲婆小时候是"童养媳"，吃了很多苦。回想我小时候这样追问亲婆，逼着她回忆痛苦的往事，真是有点残酷。

在药店门口

我回上海去的前一天，亲婆带我到镇上去。走过一家中药店时，她说要进去买一点好吃的给我带回去。我不喜欢药店，药店的坛坛罐罐里，放着晒干的树叶草根，还有许多奇怪的切成碎片的怪东西。它们怎么会好吃呢？我觉得亲婆是糊弄我，噘着嘴不肯进去。亲婆说："好，你在这里玩，我去一去就来。"

药店边上有一堵断墙，我躲在墙后面，心里想，你不给我买好吃的，我就让你找不到我。过了一会儿，只见亲婆急急忙忙地从药店里出来，手里拿着一个纸包。她站在药店门口，东张西望了一阵，看不到我的影子，便喊了两声，我偷偷地笑着，不发出声音来。她急了，颤动着一双小脚，朝相反的方向跑去。眼看她走得很远了，我才从断墙后走出来，大声喊："亲婆，我在这里。"

她转过身来，以极快的步子向我奔过来。走到我身边时，路上的一块石头绊了她一下，她打了个趔趄，差点摔倒。我迎上去一步，扶住了亲婆。她一把拽住我的手，气喘吁吁地说："你到哪里去了？把我的老命也急出来了。"看到她这么着急，我觉得很好玩。我好好地在这里，她这么急干吗？

她打开纸包，里面包的不是药草，而是一种做成小方块，在火上烤熟的米糕。她塞了一块在我的嘴里，这米糕又脆又甜，好吃极了。

我这才知道，亲婆没有骗我。我也知道了，世界上原来还有卖这样美味食品的中药店。

她到上海来了！

有一天，父亲问我："我要把亲婆接到上海来住，你高兴不高兴？"

"亲婆来我们家？"

父亲点点头。

"好啊，亲婆来啦！"我高兴得跳起来。

亲婆来上海，是我家的一件大事。那天下午，阳光灿烂，我和妹妹跟着父亲，到码头上去接亲婆。

亲婆从船上走下来的情景，我记得特别清晰。午后的阳光照在亲婆的脸上，一头白发变得银光闪闪。她眯缝着眼睛，满脸微笑，老远向我们招手。我的两个姐姐一左一右扶着她，慢慢地走出码头。她嫌姐姐走得太慢，甩开了她们的手，三步并作两步向我们奔过来……

出码头后，父亲要了两辆三轮车，他和两个姐姐坐一辆在前面引路，我和妹妹跟亲婆坐后面一辆。我和妹妹一左一右坐在亲婆的两边，她伸手揽住我们的肩胛，笑着不断地说："好了，好了，我们可以天天在一起了。"我和妹妹靠在她身上，兴奋得不知说什么好。亲婆从她的小包裹里拿出两个纸包，我和妹妹一人一包。隔着纸包，我就闻到了烤米糕的香味。

三轮车经过外滩时，她仰头看着那些高大的建筑，嘴里喃喃地惊叹："这么大的石头房子。"我后来才知道，亲婆以前从来没有到过上海。

"亲婆，以后我陪你来玩。"我拍着胸脯向亲婆许诺。

"我这个小脚老太婆，哪里也去不了。"亲婆拍拍我的肩胛，笑着说。

亲婆没有说错，到上海后，她整天在家里待着，几乎从不出门。外滩，她就见了这么一次。我的许诺，直到她去世也没有兑现。

有她的日子

天天有亲婆陪伴的日子，是多么美妙的日子。

在我的记忆里，亲婆像一尊慈祥的塑像。她坐在厨房里，午后的阳光柔和地照在她瘦削的肩头上。一只藤编的小匾篮，搁在她的膝盖上。小匾篮里，放着我们兄弟姐妹的破袜子。亲婆一针一线地为我们补着破袜子。那时，没有尼龙袜，我们穿的是纱袜，穿不了几天脚趾就会钻出来。在上海，我们兄弟姐妹一共有六个，我们的袜子每天都会有新的破洞出现，于是亲婆就有了干不完的活儿。我的每一双袜子上，都密密麻麻地缀满了亲婆缝的针线。补到后来，袜底层层叠叠，足有十几层厚，冬天穿在脚上，像一双暖和的棉袜套。

那时家里有一个烧饭的保姆，可有些事情亲婆一定要自己来做。她常常动手做一些家乡的小菜，我们全家都喜欢她做的菜。亲婆做菜，用的都是最平常的原料，可经她的手烹调，就有了特殊的鲜味。譬如，她常做一种汤，名叫"腌鸡豆瓣汤"，味道极其鲜美。所谓"腌鸡"，其实就是咸菜。父亲最爱吃这种汤，他告诉我，家乡的人这么评论这汤："三天不吃腌鸡豆瓣汤，脚股郎里酥汪汪。"不吃这汤，脚也会发软。亲婆做这汤时，总是分派我剥豆壳。我们祖孙两人一起剥豆壳的时候，也是我缠着亲婆讲故事的时候。不过，亲婆不善讲故事。我知道，她年纪轻的时候，还是清朝，我问她清朝是什么样子，她只知道皇帝和长毛，还知道那时男人梳辫子，女人缠小脚。她的那对小脚就是清朝的遗物。

小时候我也是个淘气包，天天在外面玩得昏天黑地，回到家里，总是浑身大汗，脏手往脸上一抹，便成了大花脸。从外面回家，要经过一段黑洞洞的楼梯，只要我的脚步声在楼梯上响起，亲婆就会走到楼梯口等我，喊我的小名。亲婆的声音，就是家的声音。从楼下进门，我嚷着口渴，亲婆总是在一个粗陶的茶缸里凉好了一缸开水，我可以咕嘟咕嘟连喝好几碗。我觉得，亲婆舀给我的凉开水，比什么都好喝。我在外面玩，亲婆从来不干涉我，只是叮嘱我不要闯祸。一次，帮我洗衣裳的保姆埋怨我太贪玩，衣服老是会脏。亲婆听见后，便说："小孩子，应该玩，不像我小脚老太婆，没办法出门。小时候不玩，长大后就没有工夫玩了。不过要当心，不要闯祸。衣服弄脏，没关系。"她对保姆说："你来不及洗，我来洗。"长辈里，只有亲婆这么说，她懂得孩子的心思。

一只苹果

床底下，飘出一阵又一阵诱人的苹果香味，使我忍不住趴到地上，向床底下窥探。

那是经济困难时期，食品严重匮乏，有钱也买不到吃的东西。糖果糕点都成了稀罕物。一天，一个亲戚来做客，送了一小篓苹果。又大又红的苹果，放在桌子上满屋子飘香。竹篓子用红线绑着，母亲不把红线拆开，苹果是不能吃的，这是家里的规矩。

母亲把苹果放在自己的床底下，可苹果的香气还是不断地从床底下散发出来，闻到香气，我就直咽口水。对一个不时被饥馑困扰的孩子来说，这实在是一种大诱惑。房间里没人的时候，我就趴在地上，把苹果篓拉出来，然后欣赏一阵，用鼻子凑上去闻闻它们的香味。那香味好像在用动听的声音对我说："来呀，来吃我呀。不把我吃了，我会烂掉。"

我终于无法忍受苹果的诱惑。竹篓子的网眼很大，不必把红线拆掉，我从网眼中挖出一个苹果来，一个人躲到晒台上美餐了一顿。

两天后，母亲想起了床底下的苹果。晚饭后，母亲拿出苹果，她拆开红线，打开竹篓一看，发现少了一个。母亲的脸沉下来，当着全家人的面，大声问："是谁嘴这么馋，偷吃了一个苹果？"

哥哥姐姐和妹妹都说没吃，我想承认，但又怕受到母亲的斥责。母亲见没人承认，光火了："难道苹果自己跑掉了？今天非得弄个水落石出！"见母亲发这么大的火，我更不敢承认了。

见没有人出来承认，母亲的火气越来越大，她把苹果篓收了起来，说："这件事情不弄清楚，谁也不要想吃苹果。"

这时，发生了一件我意想不到的事情。一直在一边默默地听着的亲婆突然站了出来，她笑着对母亲说："那只苹果是我吃掉的。你就把剩下的苹果分给小囡吃吧。"

亲婆吃了一个苹果，母亲当然无话可说。她不再追问，打开竹篓，一声不响地分给我们每人一个苹果。分到亲婆时，苹果已经没有了。亲婆说："我已经吃过了，不要再分给我了。"我手里捧着一个苹果，心里很难过。我知道，亲婆没有吃过苹果，可她为什么这么说呢？

等房间里没有人时，我走到亲婆面前，把苹果塞到她手里，轻轻地说："亲婆，这个苹果，应该你吃。"亲婆摸摸我的头，把苹果放回到我的手中。

"小孩子想吃苹果没什么不对。吃吧。"

我不敢抬头看亲婆，我知道，亲婆心里什么都明白。

这次"苹果事件"，以后再也没有人问过，只有我和亲婆知道其中的秘密。不过，我一直没有向她坦白。直到现在，想起这件事情，我还会觉得歉疚。

她和"疯老太"

我闯祸了！

我拼命奔跑着，一个怒气冲冲的老太婆挥舞着一根木棍在我身后紧追不舍。

这老太婆是一个孩子们见了都怕的女人，她身体粗壮，面貌丑陋，说话粗声大气，像一个凶恶的女巫。孩子们在背后都叫她"疯老太"。那天，我在弄堂里和几个小伙伴一起玩耍，"疯老太"在弄堂口午睡，她躺在一张破席子上，大声地打着呼噜。

有人调唆我："你敢不敢用西瓜皮扔她？"为了表现我的大胆，我捡起地上的两块西瓜皮，向"疯老太"扔去一块。西瓜皮不偏不倚，正好落在"疯老太"的脸上。"疯老太"从梦中被惊醒，一下子从地上跳了起来，她摸着被西瓜皮打湿的脸，怒不可遏地大叫："哪个赤佬想寻死？"我赶紧扔掉手里的另外一块西瓜皮，"疯老太"发现了，大喝一声："是你！今天我要打死你！"一边喊着，一边猛地向我扑过来。

我无路可逃，只能往家里跑。我奔进门，踏上楼梯，只听见后面的脚步声紧随着咚咚咚跟了上来。

我奔进楼梯边的亭子间，亲婆一个人坐在屋里补袜子。见我这么惊慌，亲婆忙问："什么事？"然而我已经没有时间解释了，楼梯上传来了"疯老太"的叫骂声："小赤佬，看你逃到哪里去，今天我要打死你！"

亲婆放下手里的针线，一把将我推到门背后，低声关照我："站着别出声！"然后又坐到原来的位子上，拿起针线做补袜子状。

这时，"疯老太"已经追到亭子间门口，她站在门口，大声问亲婆："那个小赤佬呢？你看见他了吗？"

我躲在门背后，紧张得不敢出气。此刻，我和"疯老太"距离不到一尺，能听到她急促的喘气声。站在门背后，我能看到亲婆，只见她很镇静地坐在那里，不动声色地回答"疯老太"："没有看见。"

"疯老太"在门口站了片刻，骂骂咧咧地下楼去了。

我从门背后走出来，还吓得直发抖。亲婆问清了事发的缘由，把我说了几句。她要带我去向"疯老太"道歉。我一听，慌了："那怎么行，她是疯子，要打人的！"

"我看她不疯。你们这样作弄她，她才生气。你不要害怕，我和你一起去找她。"

亲婆到上海后，很少出门，也不怎么和邻居交往。可这次，她却一反常态，一定要我带她去找"疯老太"。我知道自己理亏，可我怕被"疯老太"打，赖着不肯去。亲婆生气了，板着脸说："你不带我去找她，不向她去认个错，以后就不要叫我亲婆。"

我还是第一次看见亲婆这样生气，心里有点害怕，就答应了她。

第二天傍晚，亲婆牵着我的手，在苏州河边上找到了

"疯老太"。我非常紧张，怕"疯老太"会扑上来打我，想不到，"疯老太"已经不记得我了。亲婆走到"疯老太"面前，说："上次，是我的孙子用西瓜皮扔了你，我带他来向你认错。"说着，她把我拉到"疯老太"跟前。我对"疯老太"说了声"对不起"，她愣了一下，笑起来。"疯老太"原来并不可怕。她眨了眨那双泪汪汪的红肿的眼睛，挥了挥手，大声说："事情过去就算了，小孩子，以后不要干坏事，干坏事，要吃苦头的!"

以后，"疯老太"看到我，总是对我笑。

死和生

亲婆的死，在我童年的经历中，留下了最深刻的印记。这一年，我上二年级。

那天晚上，我在一个同学家里做功课，只觉得眼皮跳个不停，听大人说过，眼皮跳，总有什么倒霉的事情会发生。会发生什么事情呢？眼皮越跳越厉害，跳得我心烦意乱。功课还没有做完，有一个同学从外面跑来找我，告诉我家里出了事情。

"你家有老人从楼梯上摔下来，你快回家去!"

我家的老人，一定是亲婆！我只觉得脑子嗡的一声炸开了。我一路奔跑着回到家里。走过那一段黑洞洞的楼梯时，我突然听到亲婆在叫我的小名。平时我放学回家时，亲婆总是站在楼梯口这样叫我。我心里一松，亲婆能叫我，大概没有什么事情。

可是亲婆不在楼梯口。楼梯口，围着不少人，都是平时不常来我家的邻居。他们见我回来，赶紧让出路来。我发现，他们的目光异样，似乎是同情，又好像是可怜。我走进房间，只见父母和哥哥姐姐都站在亲婆的床边。

亲婆躺在床上，半边的脸都肿了。她从楼梯上摔下去，头撞在地板上，被人背上来时，神志依然清醒。我扑到她身边，流着泪大声喊她。她睁开眼睛，看了我一眼，吃力地咧开嘴笑了笑，从喉咙里吐出几个含糊不清的字："不要哭，我七十八岁了……"

我回家后不到十分钟，亲婆就断了气。断气时，父亲紧紧地抱着她。我听到父亲像孩子一样哭着喊妈妈。这是我第一次看见父亲哭，而且哭得如此悲恸。我跟着父亲一起大哭，一边哭，一边喊亲婆。我觉得亲婆是不会这么死去的，我拼命摇着她的身体，希望她睁开眼睛，然而她再也不会醒来了。

我用朦胧的泪眼凝视着亲婆平静安详的脸，往事一幕一幕重现在眼前，它们都已经过去，永远不会在我的生活中重演。以后的日子，我将失去亲婆的关怀和爱。我曾经答应过她，长大后，要买最好吃的东西来孝敬她，现在没有机会了。想到这些，我泪如泉涌……

这是我第一次体会到亲人离去的悲痛。

在亲婆去世的哀哭声中，我感到自己突然长大了许多。

我从记忆的匣子里倒出这些零星的往事，亲婆的形象，又像当年那样清晰地出现在我的眼前。记忆使时光倒流，记忆也使亲人死而复生。

1998年3月于四步斋

顶碗少年

有些偶然遇到的小事情，竟会难以忘怀，并且时时萦绕于心。因为，你也许能从中不断地得到启示，从中悟出一些人生的哲理。

这是二十多年前的事情了。有一次，我在上海大世界的露天剧场里看杂技表演，节目很精彩，场内座无虚席。坐在前几排的，全是来自异国的旅游者，优美的东方杂技，使他们入迷了。他们和中国观众一起，为每一个节目喝彩鼓掌。一位英俊的少年出场了。在轻松优雅的乐曲声里，只见他头上顶着高高的一摞金边红花白瓷碗，柔软而又自然地舒展着肢体，做出各种各样令人惊羡的动作，忽而卧倒，忽而跃起……碗，在他的头顶摇摇晃晃，却总是不掉下来。最后，是一组难度较大的动作——他骑在另一位演员身上，两个人一会儿站起，一会儿躺下，一会儿用各种姿态转动着身躯。站在别人晃动着的身体上，很难再保持平衡，他头顶上的碗，摇晃得厉害起来。在一个大幅度转身的刹那间，那一大摞碗突然从他头上掉了下来！这意想不到的失误，使所有的观众都惊呆了。有些青年大声吹起了口哨……

台上，却并没有慌乱。顶碗的少年歉疚地微笑着，不失风度地向观众鞠了一躬。一位姑娘走出来，扫起了地上的碎瓷片，然后又捧出一大摞碗，还是金边红花白瓷碗，十二只，一只不少。于是，音乐又响起来，碗又高高地顶到了少年头上，一切都要重新开始。少年很沉着，不慌不忙地重复着刚才的动作，依然是那么轻松优美，紧张不安的观众终于又陶醉在他的表演之中。到最后关头了，又是两个人叠在一起，又是一个接一个艰难的转身，碗，又在他头顶厉害地摇晃起来。观众们屏住气，目不转睛地盯着他头上的碗……眼看身体已经转过来了，几个性急的外国观众忍不住拍响了巴掌。那一摞碗却仿佛故意捣蛋，突然跳起摇摆舞来。少年急忙摆动脑袋保持平衡，可是来不及了。碗，又掉了下来……

场子里一片喧哗。台上，顶碗少年呆呆地站着，脸上全是汗珠，他有些不知所措了。还是那一位姑娘，走出来扫去了地上的碎瓷片。观众中有人在大声地喊："行了，不要再来了，演下一个节目吧！"好多人附和着喊起来。一位矮小结实的白发老者从后台走到灯光下，他的手里，依然是一摞金边红花白瓷碗！他走到少年面前，脸上微笑着，并无责怪的神色。他把手中的碗交给少年，然后抚摩着少年的肩胛，轻轻摇撼了一下，嘴里低声说了一句什么。少年镇静下来，手捧着新碗，又深深地向观众们鞠了一躬。

音乐第三次奏响了！场子里静得没有一丝儿声息。有一些女观众，索性用手掌捂住了眼睛……

这真是一场惊心动魄的拼搏！当那摞碗又剧烈地晃动起来时，少年轻轻抖了一下脑袋，终于把碗稳住了。掌声，不约而同地从每个座位上爆发出来，汇成了一片暴风雨般的响声。

在以后的岁月里，不知怎的，我常常会想起这位顶碗少年，想起他那一夜的演出；而且每每想起，总会有一阵微微的激动。这位顶碗少年，当时年龄和我相仿。我想，他现在一定已是一位成熟的杂技艺术家了。我相信他不会在艰难曲折的人生和艺术之路上退却或者颓丧的。他是一个强者。当我迷惘、消沉，觉得前途渺茫的时候，那一摞金边红花白瓷碗坠地时的碎裂声，便会突然在我耳畔响起。

是的，人生是一场搏斗。敢于拼搏的人，才可能是命运的主人。在山穷水尽的绝境里，再搏一下，也许就能看到柳暗花明；在冰天雪地的严寒中，再搏一下，一定会迎来温暖的春天——这就是那位顶碗少年给我的启迪。

三峡船夫曲

　　谁也无法用一句话概括三峡水流的特点。浩浩荡荡的长江挤进窄窄的夔门之后，脾气便变得暴躁、凶险、喜怒无常、不可捉摸了。你看那混浊湍急的流水，时而惊涛迭起，时而浪花飞卷，时而一泻千里如狂奔的野马群，时而又在峡壁和礁石间急速地迂回，发出声震峡谷的呐喊。有时候，水面突然消失了波浪，像绷得紧紧的鼓皮，然而这绝不是平静的象征，在这层鼓皮之下，潜伏着危险的暗礁和急流。而最多、最可怕的，是漩涡，像无数大大小小的眼睛在起伏的江面上滴溜溜地打转，到处都闪烁着它们那险恶的不怀好意的目光……

　　你想想那些三峡船夫吧，驾着一叶扁舟，靠手中的竹篙、木桨，要征服狂暴不羁的江水，那该是何等惊心动魄的景象。其惊险的程度，绝不亚于在黄河上驾羊皮筏子，不亚于在大渡河的急流中放木排。

第一次见到三峡中的船夫是在水流湍急的西陵峡，那是一条摆渡船，尽管距离很远，看不真切，但那拼命搏斗的紧张气氛，还是强烈地震撼了我的心。小船横在江中，看上去那么小，小得就像一片枯叶、一根稻草，似乎每一个浪头都能吞没它。船上一前一后两个船工，每人操一支桨，一个在右，一个在左，拼命地划着。只见他们身体前倾，像两把坚韧的强弓，两支桨齐刷刷地落下去，飞起来，落下去，飞起来，仿佛一对有力的翅膀，不断地拍打着波涛滚滚的江面，在气势磅礴的峡江中，他们的翅膀是太微不足道了，随时都有折断的可能，他们能飞过去吗？然而我的担心多余了，没等我们的轮船靠近，小木船已经到了对岸……

在巫峡，遇到一只顺流而下的小筏子，那情景更是惊心动魄。小筏子远远出现了，像一只小小的黑甲虫，急匆匆地、慌里慌张地贴着江面爬过来——说它急匆匆，是因为它速度极快；说它慌里慌张，是因为它走得毫无规律，一忽儿左，一忽儿右，常常莫名其妙地拐弯绕圈子。很快就看清楚了，小筏子上头，稳稳地站着一位手持长篙的船夫，船中端坐着六位乘客，船尾还有一位船夫，一手扶一把既像橹又像舵的尾桨，一手掌一支木桨。小筏子在急流和波谷浪山中灵巧地滑行，时而从浪的缝隙中穿过，时而又攀上高高的潮头。真是冒险呵，这单薄的可怜的小筏子，在急流中箭一般冲下来，根本无法停住，随时都可能撞碎在峡壁礁滩上，随时都可能卷入接连不断的漩涡中，随时都可能被大山一般的浪峰一口吞没，被巨剑一般的急流拦腰砍断……船夫却镇静得如履平地。那位在船头手持长篙的船夫纹丝不动地站着，像跃马横枪，率领着万千兵马冲锋陷阵的大将军，又像剽悍勇猛的牧人，扬鞭策马，驱赶着一大群狂奔狂啸的黄色野马。野马群发狂般地撞他、挤他、踢他、咬他，想把他从坐骑上拉下来，然而终于无法得逞。有时候，飞速前进的小筏子眼看要撞到凸出的峡岩上，只见他挥舞竹篙奋力一点，小筏子便轻轻一转，转危为安。船尾那位船夫要忙一些，他不时划动双桨，巧妙地改换着前进的方向，在变化无穷的急流中觅得一条安全的航线。而那六位船中的乘客，一个个正襟危坐，一动不敢动。我看不清他们的表情，但我能想见他们脸上惊慌的神色。在航行中，他们是不许有任何动作的，任何微小的颠动，都可能使小筏子因为失去平衡而倾覆。如果遇到不安分的乘客在舱里乱动，船夫的竹篙会狠狠地当头打来，打得头破血流也是活该。倘若你不服，继续捣乱，船夫就要大喝一声，毫不留情地用竹篙把你戳下水去，这是捏着性命在凶恶的急流中搏斗呵！

小筏子在轰隆隆的水声中一晃而过，很快就消失在峡谷的拐弯处。我凝视着起伏不平的江面，一遍又一遍回想着船夫在万般艰险中镇定自若的姿态，心里怎么也平静不下来。无数漩涡在小筏子经过的航道上打着转转，这些永远不会安然闭上的不怀好意的眼睛，似乎正在狡猾地眨动着，还在用谁也无法听懂的语言描绘着水底下的秘密。哦，只有三峡船夫懂得这些语言！我知道，在三峡中行船，除了勇敢，除了沉着，最关键的，还是对航道和水流的熟悉。据说，在三峡驾驭小筏子的船夫，对水底的每一块礁石、每一片浅滩，都是了如指掌。为了摸清水底的状况，为了在极其复杂的急流中寻到一条能被小木船通过的安全之路，一定有不计其数的船夫付出了生命的代价！

西陵峡有一块巨大的礁石，兀立在滚滚急流中，奔泻的江水整天凶狠地拍打着它，飞溅起漫天雪浪，小船如果撞上去，非粉身碎骨不可。这礁石有一个奇怪的名字："对我来"。当浪花散开后，人们就会看到"对我来"三个大字，触目惊心地刻在这块礁石上，这礁石周围的水流险恶而奇特，小船从它身旁经过时，倘若想绕开它，结果总是适得其反，船儿会不可阻挡地向礁石一头撞去，撞得船碎人亡。如果顺急流迎面向礁石冲去，不要躲避它，不要害怕它，船到礁石前，却能顺利地拐个弯从旁边擦过去。不过，这千钧一发的险象，懦夫是绝对不敢经历的，只有三峡船夫们才敢驾着轻舟勇敢地向扑面而来的浪中礁石冲去。"对我来"这三个字，一定是无数船夫用生命换来的经验。也许，可以这样说，小木船在三峡急流中那些曲折而又惊险的航道，是船夫们用智慧、用勇气、用尸骨一米米开拓出来的！

对三峡船夫来说，最为可怕的，大概莫过于暴风雨和洪峰了。突然袭来的暴风雨，能把江面搅得天翻地覆，在被暴风雨鞭打着的惊涛骇浪之中，小舟子是很难掌握自己的命运的，如果来不及靠岸躲避，便有可能在暴风雨中葬身江底。假如遇上洪峰，那几乎是无法逃脱的，几丈高的洪峰，像一堵巍巍高墙从上游呼啸着压下来，没有任何东西能够抗拒它、阻挡它，它是船夫们冷酷无情的死神。然而，奇迹并不是没有发生过，曾经有一些技术高超、勇气过人的船夫，在洪峰扑近的刹那间，驾着小舟瞅准浪的缝隙飞上高高的洪峰之巅，硬是从死神的头顶越了过去……当然，这些都是旧话了，随着科学技术的发展，天气预报和水情预报越来越准确，三峡船夫们再也不会去冒这种风险了。

　　船近神女峰时，所有人都仰头看那位在云里雾里默默地站了千年万年的神女，然而山顶上云飞雾绕，什么也看不清。正在遗憾的时候，突然有人对着前方的江面大叫起来：

　　"看！小船！女的！"

　　神女峰下，一只两头尖尖的小筏子正在急流中过江，划船的是一位身穿粉红色衬衫的少女，只见她右手划桨，左手掌舵，不慌不忙地向对岸划着，那悠然而又优美的姿态，使所有目击者都惊呆了——这也是三峡船夫吗？这也是在险恶的峡江中拼命搏斗的勇士吗？然而怀疑是可笑的，小筏子在神女峰对面的一片石滩上靠岸了，划船的少女站在一块白色的石岩上，有力地向我们的轮船挥了挥手……

　　挥一挥手，挥一挥手，向勇敢的三峡船夫挥一挥手吧，但愿他们能在我的挥手之中感受到我的钦佩和敬意。是的，我从心底里深深地向三峡的船夫们致敬，他们，不仅征服了狂放不羁的长江三峡，而且把人类和大自然那种惊心动魄的搏斗，化成了优美的诗篇。他们是真正的诗人。

1984 年 6 月于重庆

山湖琴韵

　　常熟有山，有湖。山是虞山，湖是尚湖。站在虞山上看尚湖，湖岸逶迤，湖波清亮，湖中倒映着蓝天白云。有飞禽从湖上飞过，如点点音符在湖天之间飘动。坐在湖畔看虞山，一脉青影，在云天间起伏，山虽不高，却使这江南水乡的地平线变得和湖岸一样柔曼曲折。虞山投影在湖波中，晃动着一片墨绿的光影，使原本清澈的湖水显得深不可测。

　　曾经有一位智者在这里垂钓，尚湖就因此得名。智者是四千年前传说中的人物姜尚，也就是《封神榜》中的姜子牙。远古时代的姜子牙是否在这里隐居钓鱼，现代人无法考证。对这样的传说，我是宁信其真。山不在高，有仙则名，能将姜子牙飘然不群的身影和这样秀美的湖山叠映，可以让现代人的想象之翼直飞九天云霄。脑海中出现姜子牙垂钓的形象时，耳畔有一缕清音飘过。那是古琴的韵律，是激越灵动的《流水》，是清静悠扬的《平沙落雁》，是深情缥缈的《忆故人》。姜子牙的时代，古琴大概已经有了雏形，他这样深谙文韬武略的智者，应该会弹琴。也许那时还没有这些曲子，但一定有其他更清幽淡远的韵律。古琴能使焦灼的心灵恢复平静，能抚平烦乱的思绪，忘却现实中的酷烈纷争。姜子牙垂钓时，耳畔应有琴声。在等候鱼儿上钩时，他或许一手抚琴，一手握竿，古琴优雅的韵律，穿透清澈的湖泊，吸引了水中的游鱼，鱼儿们循声而来，围绕在他的周围……

虞山和尚湖，山水相依，湖光山影中凝集着江南的灵秀和才情。这片水土，曾经哺养出很多杰出的人物。关于常熟的文化记忆，有动人心魄的背景音乐，那就是古琴。琴声悠然，一脉相传连接古今。如果说，四千年前姜太公的传说太古远，无法考证，那么，距姜子牙一千五百年之后，常熟的另一位先贤，在这里留下了清晰的脚印。他是孔子的弟子言偃。据说，在孔子的三千弟子中，言偃是唯一的一个江南人。言偃早年在鲁国做官，中年在中原弘儒传道，晚年回到故乡，在虞山脚下躬耕讲学，传播礼乐。

听言偃讲学的人，来自四面八方，尚湖侧畔的言子讲堂，是当时人们心目中江南的最高学府，然而要听一次言子的讲学，并不容易。归隐故里的言偃，应是历尽了人世沧桑，他更喜欢一个人看山赏水，抚琴独吟，沉醉在虞山和尚湖之间。湖山如有记忆，应记得这位哲人飘然的身影，也应记得湖山间的古调琴韵。

在尚湖畔散步时，我还会想起唐代书法家张旭。张旭被人称为"草圣"，常熟是他长期生活的地方。这位"草圣"，常常醉酒而书，手中的毛笔如有神助，满纸草书龙飞凤舞，把汉字写成了前无古人的艺术品。张旭的草书，让盛唐的书坛震惊，直到今天仍被世人视为中国书法艺术的高峰。杜甫的《饮中八仙歌》中有张旭的身影："张旭三杯草圣传，脱帽露顶王公前，挥毫落纸如云烟"；李颀在《赠张旭》中也有生动描绘："露顶据胡床，长叫三五声。兴来洒素壁，挥笔如流星。"我年轻时代就曾迷恋过张旭书法，看他的《千字文》《古诗四帖》《心经》和《肚痛帖》，觉得这是神人之作，笔墨线条在变化无穷中挥洒出酣畅淋漓的气韵，那种天马行空般狂放不羁的风格，今人难以模仿。张旭的草书，像什么？像风中行云，像山间奔泉，像急风暴雨在天地间喧哗……我一直无法用恰当的文字形容张旭的书法，直到在常熟听古琴时，才恍然有所悟：他的草书中，有古琴的神韵。我想，只有用《广陵散》和《风雷引》这样激扬飞动的旋律，才能形容张旭狂放不羁的草书风格。我不知道张旭当年是否喜欢弹古琴，然而他的笔墨，和古琴的韵律，似有一种无法用言语道明的内在契合。张旭的草书，正如一曲神采飞扬的古琴曲，从虞山下飞出，一千多年来让人为之倾心沉醉。

说到张旭，当然还会想到元代大画家黄公望。黄公望也是常熟人，他的水墨山水画，是中国绘画史上的一个高峰。传说黄公望善弹古琴，作画前，常常先面对湖山抚琴歌吟，弹到动情处，弃琴执墨，挥毫成画，山水烟霞，满纸生辉。黄公望绘画所用颜料，多用虞山石研磨而成。黄公望的山水画中，不仅有虞山尚湖的绚烂灵秀，也有斑斓起伏的琴韵。

在虞山和尚湖之间处处联想到古琴，并不是牵强附会。在明代，这里出现一位古琴高手，名叫严天池，他创立了虞山琴派，将中国的古琴艺术提升到一个新的高度，虞山琴派的影响辐射全国，甚至波及海外。常熟，成为中国古琴艺术史上的一个制高点。严天池出身名门，父亲是当朝重臣，权倾一时。但这位"高干子弟"却不爱当官，他更喜欢弹琴读书。当时有人这样描述他的生活："绝不闻户外嚣音，自翰墨外，辄取古琴，焚香一弄，悠然自得……间尝坐听，不觉竟心顿消，洋洋乎道澈之和平袭人。"他一生为古琴做了影响深远的几件大事：组织"琴川社"，创立了虞山琴派；编定《松弦馆琴谱》，其中有流传民间的古琴曲和他自己创作的琴曲，成为当时最权威的古琴曲谱。倡导"轻微淡远""博大平和"的虞山琴派被誉为"古音正宗"。当时的各路琴派，"以虞山为归，是犹百川之趋赴不一，而必朝宗于海也"。而严天池因对古琴艺术的开拓和贡献，被人誉为"古文中之韩昌黎，岐黄中之张仲景"。"一时知音翕然尊之。"在严天池之后，虞山琴派一直在常熟绵延不断。明末清初这里又出现民间古琴大师徐青山，当时少有人可以与之比肩。而到现代，又诞生了学者型的古琴高手吴景略，使虞山琴派峰回路转，衍生出一派清新气象。

我在常熟两次参观"虞山派古琴艺术馆"，本以为能在这里看到严天池抚摸过的古琴，但是没有。馆中只有图片和文字，没有和严天池有关的实物。然而，这里处处回荡着清雅的琴声，如低吟，如倾诉，拨人心弦，把听者引入幽远的遐想。对现代人来说，古琴似乎有点高深莫测，有点神秘，这是古人的精神写照，是对天地自然的倾诉和思索。这样的琴声，驱散了人世的喧嚣和混浊，让心灵走向宁静。在琴声中，我想起了严天池的一些逸事。严天池不喜欢做官，但中年之后到福建邵武做过知府，上任前，他到当地的城隍庙里发誓："必不携邵武一钱归！"为官三年，洁身自好，绝不收受贿赂。三年后，严天池辞官回家，船出城门时，他拿出身边积攒的薪俸银子，悉数交给送行者，当地人不受，他说："我来的时候向城隍神发过誓，绝不带邵武一钱归，这些银子，留下来修治桥梁吧！"邵武人只得留下这些银子，用来修治城内受损倾塌的桥梁。严天池的清廉正直和散淡超然，多少和他对古琴的痴迷有关。他一生爱琴，他的归宿在虞山脚下，也在古琴绵绵不断的韵律之中。严天池曾在一首诗中描绘自己的生态和心境，读来令人神往："有客新年慰索居，半巢松影半巢书。卷帘风静莺啼后，倚槛云生花发初。自有药苗供旦暮，不劳生计问渔樵。瑶琴试作临流弄，一曲阳春出听鱼。"

走出古琴馆，耳畔琴音飘绕，回望天边青黛色的虞山，正如一把巨大的古琴，横卧在江南大地。

2010 年 4 月 23 日

温暖的烛光

在午后灿烂而柔和的阳光下，弗拉基米尔教堂古老的天蓝色圆顶显得明亮悦目。教堂门前那条石板路也在阳光下闪烁发亮，如同一条波光晶莹的河。这条石板路被圣彼得堡虔诚的东正教徒们走了几百年，高低不平的路面如果有记忆的话，应该会记住一位俄罗斯大作家的脚步。这位作家是陀思妥耶夫斯基。

陀思妥耶夫斯基在这一带度过了他生命中最后的两年半时光。从他的住宅窗户中能看见弗拉基米尔教堂蓝色的圆顶。陀思妥耶夫斯基是一个虔诚的教徒。住在这里时，除了出门旅行或者卧病不起，每天早晨他都带着他的一对儿女上教堂。附近的圣彼得堡人都认识这位爱戴礼帽、手杖不离手的大胡子作家。这位平时面色严峻、目光深邃的先生，只要和儿女走在一起，表情便会变得慈祥可亲。这并不奇怪，一个能写出《被侮辱和被损害的》和《罪与罚》的小说家，必定是一个心地善良、感情丰富的人。

陀思妥耶夫斯基的故居在一幢普通的公寓楼中。公寓楼的大门低于地面，进门必须走下几级台阶，如同走进一个地道的入口。大门上方的一扇窗户上，挂着陀思妥耶夫斯基的照片。走进大门时，我的目光正好和照片上的陀思妥耶夫斯基的目光相遇。这是一双在黑暗中凝视远方的眼睛，那沉思的忧伤的目光使我肃然起敬。陀思妥耶夫斯基的寓所在二楼，是一个有五间房子的大套间。门厅的走廊里，陈列着陀思妥耶夫斯基戴过的黑色圆顶大礼帽，尽管过去了一百多年，这顶礼帽依然完好如新。站在门口，面对着走廊里的镜子和衣帽架，可以想象当年主人出门上教堂前对着镜子整理衣帽的情景。这时，他的一对儿女一定已经穿戴整齐了站在门口等候父亲……

陀思妥耶夫斯基逝世于1881年，而他的故居博物馆却到1971年才正式建立，其间相隔九十年。这九十年中陀思妥耶夫斯基故居一直是普通的民宅，房子数易其主，有些房客甚至不知道这里曾住过一位天才的伟大作家。这样的现象在俄罗斯似乎不合常规。因为，俄罗斯人对自己的历史、文化和艺术的珍惜是举世闻名的。在城市的街头巷尾，到处可以发现政府为一些文化人竖立的塑像和纪念碑，有些人的名字人们甚至不怎么熟悉。而陀思妥耶夫斯基这样影响遍及全球的作家，为什么会遭到如此冷落？陀思妥耶夫斯基博物馆的讲解员，一位彬彬有礼的小伙子，开门见山地把答案告诉了我，他说："因为早期的苏联领导人不喜欢陀思妥耶夫斯基，把他称为'坏作家'，所以他的故居也只能默默无闻。"

如果说，以前陀思妥耶夫斯基在我的心里有一种神秘感，那么，在走进他的故居之后，这种神秘感便开始逐渐消散。

进门第一间屋子，是儿童室。墙上挂着陀思妥耶夫斯基一对儿女的黑色剪影，玻璃橱里放着父亲送给女儿的生日礼物：一些漂亮的瓷娃娃。地上是儿子玩的木马。桌上摆着几本书：普希金的儿童诗、果戈理的小说选、俄罗斯民间歌谣，这是陀思妥耶夫斯基每天晚上在孩子临睡前给他们念的读物。桌上还有一张字条，上面是六岁的儿子用歪歪扭扭的笔迹写的一句话："爸爸，给我糖果……"

这间房子里的一切，都充满了父爱的温馨，令人感动。陀思妥耶夫斯基一生结过两次婚。第一位妻子是他被流放到西伯利亚时结识的，婚后不久妻子便因病而逝。第二次结婚时，陀思妥耶夫斯基已经四十六岁，而他的妻子安娜只有十九岁。安娜原是陀思妥耶夫斯基雇用的速记员，是一位善良、聪明而又坚强的女性，两人在工作中产生爱情并结为夫妻。安娜共生了四个孩子，不幸夭折了两个。活下来的一对儿女是陀思妥耶夫斯基晚年生活中的欢乐天使。在这间儿童室里，无须讲解员做更多的解释，环顾室内的摆设，便能感受到一种温暖动人的天伦亲情。

儿童室隔壁是安娜的房间，也是他们夫妇的卧室。安娜的桌上有她为丈夫做速记的手稿，也有她为日常生活开销列出的账目清单。安娜的笔迹简洁有力，从中可以窥见她坚强干练的性格。旁边一张梳妆桌上有一帧陀思妥耶夫斯基送给妻子的照片，照片上的陀思妥耶夫斯基表情严肃，照片下他的亲笔题词却充满柔情，"献给我最善良的安娜"。在晚年有安娜这样一个好妻子，也许是陀思妥耶夫斯基一生中最大的幸运。安娜不仅是丈夫创作上的得力助手，在生活上对他的照顾也是无微不至。当陀思妥耶夫斯基那可怕的癫痫病发作时，只有安娜的抚慰能使他镇静。安娜乐于为自己的丈夫做任何事情。可以说，她把自己的一生毫无保留地献给了陀思妥耶夫斯基。在俄罗斯作家们的生活中，这是绝无仅有的现象。难怪托尔斯泰曾发出这样的感慨：如果其他作家也有陀思妥耶夫斯基和安娜这样美满的婚姻，那么俄罗斯文学大概会更加丰富。

　　走过一个小餐厅，就是客厅。墙上挂着一幅宗教色彩很浓的油画，画面上耶稣从天而降，前来拯救两个正在受难的年轻人。这个客厅里，曾经高朋满座，圣彼得堡一些有名的演员、作家和医生，是这里的常客。另一面墙上挂着一些当时经常来这里做客的名流们的照片。晚上，客人们陆续离去，妻子儿女们入睡了。接下来，就是陀思妥耶夫斯基写作的时间。陀思妥耶夫斯基喜欢一个人坐在客厅的沙发上构思他的小说。他的习惯是一边吸烟，一边思索，一个晚上竟可以吸十支烟。深夜，安娜起来为丈夫煮咖啡做点心，走进客厅时，只见缭绕的烟雾包围了坐在沙发上的陀思妥耶夫斯基……

　　陀思妥耶夫斯基虽然也有贵族的头衔，但他并不富裕。在圣彼得堡为数不多的靠稿酬为生的作家中，他的生活极其平民化。陀思妥耶夫斯基活着的大部分时光，几乎都在拼命写作，所以有人称他为"写作机器"。我想，在很大程度上，这也是生活所迫。尽管如此，他的作品却不是那种胡编乱造的欺世之作，他的故事来自真实的生活，他的感情发自内心深处。和他同时代的作家中，很少有人像他那样不知疲倦地做着深刻思索。他的作品早已成为世界文学宝库中灿烂夺目的一部分。陀思妥耶夫斯基的生活和创作很自然地使我联想起巴尔扎克。

陀思妥耶夫斯基的书房就在客厅的隔壁。这是一间将近三十平方米的大书房，据说里面的家具和摆设一如当年。在那张柚木大书桌上，陀思妥耶夫斯基写出了《卡拉马佐夫兄弟》。书桌前有一把雕花木椅，陀思妥耶夫斯基有时也在书房里接待客人，这把椅子是客人们的专座。墙上挂着一幅油画，是拉菲尔的《西斯廷圣母》的临摹。这间书房，看上去有一种空旷冷寂的感觉，对于它是否真的保留了当年的原貌，我有些怀疑。不过毫无疑问，陀思妥耶夫斯基当年曾天天在这里伏案写作。

1881年2月6日上午，陀思妥耶夫斯基像往常一样正在伏案写作。桌上的一支笔被他的臂肘碰落在地上，他俯身想去捡笔，鲜血突然从口中喷出，随即扑倒在地。安娜闻声赶来，把陀思妥耶夫斯基扶到床上，然后急着要去请医生。陀思妥耶夫斯基伸出一只手，吃力而又平静地阻止她："不必了。去请牧师吧。"他自知不久于人世，不想再麻烦医生。安娜还是坚持请来了医生。在床上躺了一天，陀思妥耶夫斯基感到体力恢复了不少，居然又打算起床继续写作，然而毕竟力不从心，起来后复又躺倒。安娜坐在床边日夜陪伴着他。在昏迷中，陀思妥耶夫斯基一直把妻子的手紧握在他那瘦而宽大的手掌中。2月8日午夜，陀思妥耶夫斯基从昏睡中醒来，他从枕头边拿起一本《圣经》，随手翻开，将颤抖的手随意按在翻开的书页上，然后凝视着天花板，请坐在身边的安娜读出他的手指点到的那一部分的文字。安娜看着《圣经》，低声读道："你们不要控制我，我已经找到了伟大的真理……"陀思妥耶夫斯基听罢大吃一惊，他认为这正是死神的召唤。第二天早晨8点37分，这位伟大的作家安然离开了人世……

我久久地站在书房门口，想象着曾发生在这间屋里的一切，想象着陀思妥耶夫斯基在这里所经历的激情悲欢。那张柚木大书桌上，点着两支风吹不灭的电蜡烛。烛光下，摊着陀思妥耶夫斯基未完成的小说手稿。桌角上，是女儿写给他的一张字条，上面写着："爸爸，我爱你。"

讲解员告诉我，这两支永不熄灭的蜡烛是一种象征，象征着作家的创作永远没有停止。讲解员的解释固然很动人，然而在我的眼里，这两支闪烁着温暖光芒的蜡烛也是人间美好感情的象征。被烛光照耀的墙壁上，挂着安娜的相片，相片上的安娜永远以一种亲切宁静的微笑凝视着丈夫的书桌。烛火里，似乎也时时回响着一个小女孩纤弱而又忧伤的呼唤："爸爸，我爱你……"

也许以前很少有中国作家来这里，我们的访问，使年轻的讲解员很激动。临走的时候，他问我："您认为陀思妥耶夫斯基是一位怎样的作家？"我这样回答他："他是一位伟大的作家。他的作品揭示了人类心灵中的很多秘密。他的作品是属于全人类的宝贵财富。"讲解员向我鞠了一躬，然后真诚地对我说："谢谢您的这番话。我要把您的话告诉来这里参观的其他人！"

　　大概是为了报答我，讲解员送给我一张印有陀思妥耶夫斯基手迹的画片。这是他的长篇小说手稿的一页，字迹密集而凌乱，从中可以看到作家思维的活跃。有意思的是他随手涂在稿纸上的一些图案。图案画的是教堂的拱门，完成的和未完成的加在一起，一共有十二扇，它们大大小小，毫无规律地分布在文字的空隙间。我想，这些门，应该是陀思妥耶夫斯基的"意识流"的产物，是他的精神活动在无意间流露出来的轨迹。这些门代表什么呢？也许是一种渴望，是一种对理想境界的呼唤。作家的探索和创造，不正像在努力开启一扇扇锁着的门？有些作家打开了那些门，把门内神秘的世界展现在人们面前，使人们惊叹天地和人心的浩瀚。陀思妥耶夫斯基就是这样的作家。而有些作家，终生只能在那些锁着的门外徘徊。

1991 年冬日

美人鱼和白崖

去丹麦的前一天，我在荷兰的古城代尔夫特散步。这是一个小小的市镇，在欧洲却很有名，因为这里是画家维米尔的故乡。维米尔生活的时代是17世纪，他一生居住在这里，从未远足。但他却成为荷兰历史上最伟大的画家之一。三百多年前的教堂，依然屹立在古城的中央，教堂的钟楼高耸云天，钟声响起时，全城都回荡着优美而又古意盎然的金属之音。钟声在古城上空久久飘荡，如晶莹的金属之雨，洒落在每一条小巷，飘入每一扇窗户，仿佛要把人拽回到遥远的古代。

在古老的钟声中，我想起了安徒生。明天，就要去丹麦，要去拜访他的故乡。路边出现一家书店，我走进去，心里生出一个念头：在这里，能否找到安徒生的书？书店门面不大，走进去才发现店堂不小。在书店的童书展柜中，我看到了《安徒生童话》，堆放了整整一排书架，各种不同的版本，文字版的，绘图版的，还有各种语言，荷兰文、丹麦文、英文、法文、德文、瑞典文。我不懂这些文字，但书封皮上的图画，让人一眼就辨别出安徒生名作中的形象：《丑小鸭》《海的女儿》《卖火柴的小女孩》《皇帝的新衣》……一个金发碧眼的小姑娘，正和她母亲一起，站在书柜前翻阅这些书。

钟声还在空中回荡。还没有到丹麦，我已经听见了安徒生的声音。

在大街上

到哥本哈根，第一个停留的地方，是安徒生大街。这是哥本哈根最宽阔的一条大街。街上车流不断，路畔有彩色的老房子，也有高大的现代建筑。人行道上，行人大多目不斜视，步履匆匆。呈现在我眼前的，是现代的生活，和安徒生的时代似乎没有多少联系。安徒生第一次到哥本哈根的时候，才十四岁。一个来自偏僻小城的少年人，面对首都的繁华和热闹的人群，一定手足无措。他是来哥本哈根寻找生活的，他还不知道自己的人生轨迹是何种模样。那时，他大概还没有想过自己要当一个作家，据说他热爱音乐，希望成为一个歌剧演员。安徒生天生好嗓子，唱歌时也懂得用心用情，在皇家剧院试唱时，颇受那里管事人的赏识，剧院是他经常光临的场所。然而好景不长，一次伤风感冒后，他的嗓子哑了，原来唱歌时发出的清亮圆润的声音，永远离他而去。

失去了好嗓音，对少年安徒生是一次大苦恼，是一场灾难，他再也无法圆自己当歌唱家的美梦。但少年安徒生的这场灾难，却也是文明人类的幸运，一个伟大的童话作家，因此而有了诞生的可能。试想，如果少年安徒生在歌剧舞台上如鱼得水，赢得赞美和掌声，一步步走向成功，哥本哈根可能会出现一个年轻的歌唱家，他可能会星光灿烂，显赫一时，让和他同时代的人们有机会听到他的歌声。不过毫无疑问，他的歌声和他的名声，将随着岁月的流逝，很快被人们遗忘。好在他失去了好嗓音，因而不得不放弃了做歌唱家的梦。他开始专注于写作，写诗，写小说，写戏剧，也写童话。最后，他发现自己最擅长，也是最能借以表达灵魂中的憧憬和梦想，倾诉内心爱之渴望的文体，是童话。

舞台上少了一个少年歌者，对当时的音乐爱好者来说，其实只是一个小小的损失，安徒生退场，一定还会有别的少年歌手来顶替他，也许比他唱得更好。然而对于丹麦和全世界的孩子们来说，却因此后福无穷。安徒生即将创造的文学形象，将走进千家万户，给孩子们带来欢乐，带来梦想。他把人间的挚爱和奇幻的异想，像翅膀一样插到每一个读者的心头，让读者和他的童话一起飞，飞向无限遥远美好的所在。他的童话，将叩开孩子们蒙昧的心，将他们引入阔大奇美的世界，多少人生的境界，将因为他的文字而发生美丽的改变。

安徒生的童话，每一篇都不长，却深深地打动了读者，让人垂泪，让人惊愕，让人失笑，也让人思索。他的童话中，有最清澈纯真的童心，也有历尽沧桑后发出的叹息。安徒生的童话，读者并不仅仅是孩子，成年人读这些童话，会读出更深沉的况味。一篇《皇帝的新衣》，有多么奇特的想象力，又有多么幽邃的主题。皇帝的虚荣和愚昧，骗子的聪明和狡诈，童心的纯真和无畏，交织成奇特的故事，人性的弱点和世态的复杂，在短短的故事中被展示得如此生动。这些含义深刻的童话，可以从幼年一直读到老年。作为一个人类历史上影响最大的童话作家，安徒生一生只写了一百六十八篇童话。也许，这样的创作数量，比世界上大多数童话作家的创作数量都要少。他从三十岁开始写童话，连续不断写了四十三年，平均每年创作不到四篇。我认识一些当代的童话作家，年龄并不大，已经创作了千百篇童话，数量已经远远超过了安徒生，但没有多少孩子知道他们。这样的比较，也许没有意义，世界的童话史中，只有一个安徒生，他是无可替代的。

安徒生大街很长，在临近哥本哈根市政厅的人行道上，终于看到一尊安徒生的铜像。

铜铸的安徒生穿着燕尾服，戴着他那顶标志性的礼帽，在一把椅子上正襟危坐。他面目沉静，凝视着他身边车流滚滚的大街。这是一个拘谨严肃的沉思者形象，他的表情中，似乎有几分忧戚。他的目光投向大街的对面，对面是一个古老的儿童游乐场。安徒生在世时，这个儿童游乐场就已经在这个地方。据说，他经常来这里看孩子们玩耍，孩子们活泼的身影和欢乐的嬉闹声，曾给他带来创作的灵感。

我在哥本哈根坐车或者散步时，望着周围的景色，心里常常生出这样的念头：当年，安徒生是不是在这样的景色中寻找到创作的灵感？我发现，这里的房屋，尽管比英国、法国和意大利的建筑看上去要简朴一些，然而色彩却异常鲜艳。每栋房子的颜色都不一样。站在河边的码头上看两岸的建筑，高低起伏，鳞次栉比，五颜六色挤挨在一起，缤纷夺目，就像孩子们的玩具积木，有童话的风格。

我不知道是安徒生的童话影响了这里的建筑风格，还是这样的彩色房子给了安徒生创作的灵感。也许，两者兼具。丹麦朋友告诉我，安徒生曾经在河边的这些彩色房子中居住过，那时，每天傍晚，在河边的林荫路上都能看到他瘦长的身影。

哥本哈根是安徒生走向文学，走向童话，走向世界的码头。如今，哥本哈根因安徒生而生辉，安徒生照亮了哥本哈根，照亮了丹麦，这座古老城市的所有光芒，都凝集在这位童话作家的身上。

美人鱼

清晨，海边没有人影，美人鱼雕像静静地坐在海边。

安徒生创造的美人鱼，是人类童话故事中极为美丽动人的形象之一。哥本哈根海边的这座铜像，凝集着安徒生灵魂的寄托。她是美和爱的象征，也已成为丹麦的象征。前几年上海举办世博会，哥本哈根的美人鱼漂洋过海，去了一趟中国。丹麦馆中的美人鱼是上海世博会中最受人欢迎的风景。人们站在美人鱼身边拍照时，感觉就是在丹麦留影，也是和安徒生童话合影。

雕塑的美人鱼，如果不是下身的鱼尾，其实就是生活中的一个可爱的小姑娘。她身体柔美的曲线，她凝视水面的娴静表情，和她背后浅蓝色的大海融合成一体，这是全人类都熟悉的形象，安徒生创造的这个为爱情甘愿承受苦痛，甚至牺牲生命的美丽女子，感动了无数读者。在安徒生童话中，《海的女儿》是一篇深挚而凄美的作品，读得让人心酸，心痛。其实这也是一篇带有精神自传意味的作品。

在女人面前，安徒生自卑而羞怯。在几种安徒生的传记中，我都读到过他苦涩的初恋和失败的求爱。童年时，他曾经喜欢班上唯一的女生，一个叫莎拉的小姑娘，他把莎拉想象成美丽的公主，偷偷地观察她，用自己的幻想美化她，渴望着接近她。这个被安徒生想象成公主的小姑娘，也是贫苦人家的孩子，她的梦想是长大了当一个农场的女管事。安徒生告诉莎拉，公主不应该当什么农场管事，他发誓长大了要把她接到自己的城堡里。听安徒生的这些话，惊愕的小莎拉就像遇到了外星人……这样的初恋，结局是什么呢？安徒生几乎被周围所有的孩子讥讽，甚至遭到富家子弟的打骂。更让他伤心的是，他不仅没有擒获莎拉的芳心，竟也遭到莎拉的嘲笑，小姑娘认为安徒生是个想入非非的小疯子。

安徒生经历过爱情的失意，被拒绝或者被误解，不止一次打击过他，伤害过他。在哥本哈根求学时，他曾经深爱过寄宿房东的女儿，但他始终不敢表白，只是默默地关注她，欣赏她，思念她。直到分手，都未曾透露心中的秘密，最后成为生命记忆中的美和痛。

少年时代我曾经非常喜欢苏俄作家帕乌斯托夫斯基的《金蔷薇》，其中有一篇安徒生的故事《夜行的驿车》，是这本书中最动人的篇章。在夜行驿车上，黑暗笼罩着车厢，平时羞涩谦卑的安徒生一反在白日阳光下的羞怯，一路滔滔不绝，和四个同车的女性对话。他以自己的灵动幽默的言语，深邃智慧的见解，还有诗人的浪漫，预言她们的爱情和未来的生活。女人们在黑暗中看不清安徒生的脸，但都被他的谈吐吸引，甚至爱上了他。故事中的一位美丽的贵妇，很明确地向安徒生表白了自己对他的欣赏和爱慕，而安徒生却拒绝了这从天而降的爱情，默默地退回到黑暗中，回到他没有女人陪伴的孤单生活里。这种孤单将终身伴随他。《金蔷薇》中的故事情节，也许是帕乌斯托夫斯基的文学虚构，但这种虚构，是有安徒生的人生印迹作为依据的。

在《海的女儿》中，安徒生化身为小美人鱼，她深爱着王子，却只能默默地观望，无声地思念。为了追求爱，她宁肯牺牲性命。在那篇童话中，美人鱼的死亡和重生，交织在一起，那是一个让人期待又叫人心碎的时刻。安徒生在他的童话中这样结尾："太阳从海里升起来了。阳光柔和地、温暖地照在冰冷的泡沫上，小人鱼并没有感到灭亡。她看到光明的太阳，同时在她上面飞舞着无数透明的、美丽的生物。透过它们，她可以看到船上的白帆和天空的彩云。它们的声音是和谐的音乐……"

人间的真情和美好，有时只能远观而难以接近，只能在心里默默地欣赏、品味、期待，也许永远也无法融入现实的生活。

安徒生逝世前不久，曾对一位年轻的作家说："我为我的童话付出了巨大的代价，我要说，是大得过分了的代价。为了这些童话，我断送了自己的幸福，我错过了时机，当时我应当让想象让位给现实，不管这想象多么有力，多么灿烂光辉。"安徒生的这段话，也是出现在帕乌斯托夫斯基的《夜行驿车》中，是否真实，无法断知。说安徒生是因写童话而错过了爱情，牺牲了自己原本可以得到的幸福，其实并不符合逻辑。安徒生成名后，倾慕他的人不计其数，作为一个成功的男人，他的机会非常多。如果恋爱，成家，生儿育女，未必会断送自己的写作才华。安徒生终身未娶，还是性格所致。

生活中没有恋爱，就在童话中创造迷人的精灵，赞美善良美丽的女性。所以才有了《海的女儿》，有了这永远静静地坐在海边的美人鱼。

美人鱼所在的海边，对面是一个工厂，美人鱼的头顶上，有三个大烟囱。在晴朗的蓝天下，三个大烟囱正冒着淡淡的白烟，就像有人站在美人鱼背后悠闲地抽着雪茄，仰对天空吞云吐雾。对这样一个美妙的雕塑，这三根烟囱是有点煞风景的陪衬和背景。也许，这也是一个暗喻，在这世界上，永远不会有无瑕和完美。

他是个美男子

雨后，石头的路面上天光闪烁，犹如一条波光粼粼的小河，在彩色的小屋间蜿蜒。

这是欧登塞的一条僻静的小街。安徒生就出生在这条小街上，他的家，在小街深处的一个拐角上。几个建筑工人在装修故居，墙面被破开，屋内的景象站在街上就能看见，黄色的墙壁，红色的屋顶，白色的窗户，让人联想到童话的绚烂多彩。安徒生童年住的房子，是否会有这样鲜艳的色彩，让人怀疑。据说安徒生是出生在一张由棺材板搭成的床铺上，他从娘胎中一露面，就开始大声啼哭，声音之大，让所有听见的人都觉得惊奇。在场的一个神父，笑着安慰安徒生的父母，他说：别担心，婴儿的哭声越响，长大后歌声就越优美。神父怎么也想不到，这个大声啼哭的孩子，长大后会唱出多么美妙的歌。

我站在小街上，想象安徒生童年的生活的情景。一群穿着鲜艳的孩子从我身边走过，一个个金发碧眼，叽叽喳喳地说着我听不懂的话。两个年轻的姑娘带着这些孩子，他们也是来寻找安徒生的。

毫无疑问，童年安徒生曾经在这里生活。他的喜欢读书的鞋匠父亲，他的含辛茹苦的洗衣妇母亲，他儿时的玩伴，他熟悉的邻居，都曾在这条街上来来往往。这是一个流传着女巫和鬼神故事的小镇，人们喜欢在黑夜来临时，在幽暗的灯火中传播那些惊悚的故事。安徒生对这些故事深信不疑，他常常在心里回味这些故事，并且用自己的想象丰富这些故事，让故事生出翅膀，长出尾巴。离安徒生故居不远的地方，可以看到一片树林。小安徒生曾经面对着黑黢黢的树林，幻想着在树林里作怪的妖魔，幻想着这些妖魔正从黑暗中张牙舞爪地向他扑过来。有时候，他被自己脑子里出现的念头吓坏了，一路狂奔着逃回家去。

我走在这条小路上，想象着那个被自己的幻想惊吓的孩子，是如何喊叫着在铺着石板的路上跌跌撞撞地奔跑，就像一匹惶然失措的小马驹，不禁哑然失笑。

安徒生的想象力非同寻常，这想象力从他孩提时代已经显露。很多后来创作的童话，就起始于童年时的幻想。

他在自己的故事中曾经这样描绘，一个古老的魔箱，盖子会飞起来，里面藏着的东西便随之飞舞，箱子里藏着什么呢，有神秘的思想和温柔的感情，还藏着天地间所有的魅力——大地上的花朵、颜色和声音，芬芳的微风，海洋的涌动，森林的喧哗，爱情的苦痛，儿童的欢笑……

安徒生的魔盒，就是在欧登塞的小街和人群中开始有了最初的雏形。

1819年9月6日，十四岁的安徒生第一次离开故乡去哥本哈根。一个瘦瘦高高的男孩，手里提着一个包袱，包袱中有他心爱的书和木偶。他的口袋里，装着三十个银毫子。马蹄敲打着石板路，安徒生坐在马车上，眼里含着泪水。小城的教堂、街道和房屋后面的树林在他的眼帘中渐渐变得模糊。回首故乡，还未成年的安徒生，对故乡满怀着依恋和感激，但他对自己远走高飞的计划一点不犹豫，他相信自己的才华会被世界认识，他在那天的日记中写下这样的句子："有一天，当我变得伟大的时候，我一定要歌颂欧登塞。"他在日记中大胆地遐想着："有一天，我将成为这个高贵城市的一个奇迹，为什么不可能呢？那时候，在历史和地理书中，在欧登塞的名字下，将会出现这样一行字：'一个名叫安徒生的丹麦诗人，在这里出生！'"

十四岁的安徒生，将自己的未来的身份定位为诗人。

那时，他还没有写童话。安徒生年轻时代写过很多诗歌，成为当时丹麦诗坛的一颗新星。但他最终以童话扬名世界。他的童话，每一篇都饱含诗意，从本质上说，安徒生终生都是一个诗人。

安徒生十四岁时的预言，早已成为现实，安徒生这个名字辉煌的程度，远远超出他的预期。安徒生是欧登塞的骄傲，这个原本籍籍无名的小镇，因为安徒生而成为世界名城。到丹麦来的人，谁不想到这里来看一下。

和安徒生故居连在一起的，是安徒生博物馆。这是让全世界孩子向往的一个博物馆，也是让所有的作家都自叹不如的博物馆。

安徒生博物馆中，有一个陈列安徒生作品的图书馆，四壁的大书橱里，放满了被翻译成各种语言的安徒生童话。安徒生创作的故事，经过翻译，传播到世界的每一个角落，从欧洲、亚洲，到美洲、非洲，国家无论大小，只要那里有文字，有书，有孩子，就有安徒生童话。他的书，到底有多少译本，有多少种类，已经无法统计。在这些书柜中，我看到来自中国各地出版社的很多种安徒生童话的中文译本，从20世纪30年代，一直到最近几年的新译本。我读过多种关于安徒生童话的相关资料，有说安徒生童话的译本在全世界有二百多种语言，有说是八十多种语言，不同的数据落差很大。人类一共有多少种文字，谁也说不清楚，不过我相信，大多数还在使用的文字，都会有安徒生童话的译本。这里的统计数字，大概也不会精确。如果安徒生活过来，走进这个图书馆，他也许会受到惊吓。面对着这么多来自世界各地的安徒生童话，其中大多数文字是他不认识的。

安徒生博物馆的标记，是一个圆形的剪纸人脸，样子犹如光芒四射的太阳神，这是安徒生的杰作。安徒生是剪纸高手，博物馆里，展出了不少他的剪纸作品，其中有各种形态的花卉和动物，还有形形色色的人物。剪纸，大概是安徒生写作间歇时的一种余兴和游戏，他随手将心里想到的形象剪了出来。安徒生的剪纸，最生动的还是人物。人物剪纸中有一些长臂长腿的舞者，是安徒生剪出来挂在圣诞树上的，圣诞音乐奏响时，这些彩色的纸人会在圣诞树上翩翩起舞。有一幅小小的剪纸作品，让我观之心惊。这是一幅用白纸剪成的作品，底下是一颗心，心上长出一棵树，树梢分叉，变成一个十字形绞架，绞架的两端，各吊着一个小小的人。安徒生想通过这剪纸告诉世人什么？

安徒生曾被人认为相貌丑陋，他也因此而自卑。安徒生瘦瘦高高，小眼睛，大鼻子，他常常戴着礼帽，身着燕尾礼服，衣冠楚楚，一副绅士派头。前年夏天在纽约的中央公园，我曾见过一尊安徒生的雕像，他坐在美国的公园里，手捧着一本大书，凝视着脚边的一只丑小鸭。这尊雕像，把安徒生的头塑得很大，有点比例失调。不过美国人都喜欢这座雕像，很多孩子坐在安徒生身边和他合影。

安徒生的长相是否丑陋，现在的丹麦人看法已经完全不同。在安徒生博物馆中，有很多安徒生的照片和油画，也有不少安徒生的雕塑。照片和油画中的安徒生，忧郁而端庄，虽谈不上俊美，却也绝不是一个丑陋的男人。我仔细看了博物馆中的每一尊雕塑，其中有头像、胸像，也有和真人差不多高的大理石全身立像。这里的安徒生雕像，目光沉静安宁，脸上是一种沉思的表情。有一尊雕像，安徒生正在给两个小女孩讲故事，他满面笑容，绘声绘色地讲着，一只手在空中挥动。两个小女孩倚在他身边，瞪大了眼睛听得出神。这是一个和蔼可亲的形象。

安徒生博物馆的讲解员是一位姿态优雅的中年女士，她站在安徒生的一尊大理石立像旁，微笑着对我说："安徒生并不丑，他相貌堂堂，是个美男子。"

白色纪念碑

秋风萧瑟，黄叶遍地。天上飘着小雨，湿润的树林轮廓优雅而肃穆。一只不知名的鸟躲在林子深处鸣叫，声音婉转轻柔，若隐若现，仿佛从遥远的天边传来。沿着布满落叶的曲径走进树林，看见了一块块古老的墓碑。

安徒生就长眠在这里。

这是哥本哈根城郊的一个墓园。人们来这里，是来看望安徒生。然而要找到安徒生的墓并不容易。树林中的墓，都差不多，一块简朴的石碑，一片灌木或者一棵老树，就是墓地的全部。

天上下着小雨，墓园中静悄悄不见人影。站在一片碑林之中，有点茫然，安徒生的墓在哪里呢？正在发愁时，不远的墓道上走过来几个散步的人。一个年轻妇女，推着一辆童车，车上有婴儿，身边跟着一条高大的牧羊犬。看到我们几个中国人，她并不惊奇。我问她，安徒生的墓地在哪里？她莞尔一笑，抬手向我身后指了一下。原来，我已站在安徒生的身旁。

安徒生的墓并不显赫，也没有什么特殊之处，没有雕像，没有安徒生童话中的人物，甚至没有多少艺术的气息，只是一座普普通通的墓，简洁，朴素，占据着和别人相同的一方小小的土地。

一块长方形的白石墓碑，上面刻着安徒生的生卒年月。墓碑两侧，是精心修剪过的灌木丛，如同两堵绿色的墙，将安徒生的墓碑夹在中间。安徒生的墓碑前，放满了鲜花，有已经枯萎的花束，也有沾着雨珠的新鲜的花朵。这些鲜花，使安徒生的墓和周围杂草丛生的墓地有了区别。

埋葬在安徒生周围的，是我不认识的人，他们是安徒生同时代的人物。每个人占据的墓地都差不多大，也是简朴的墓碑，上面镌刻着墓主的生卒年月。长眠在这里的人们，大概想不到自己会成为安徒生的邻居。

墓地的设计者，当然不会是长眠在墓穴中的墓主。安徒生的墓碑，设计者也不会是他本人。在丹麦，安徒生的雕像和纪念碑很多，和安徒生的童话相比，这些雕像和纪念碑，显得太平常。

我突然想起了白崖，那是丹麦海边的一座高山。

离安徒生家乡二百公里的海边，有一座奇妙山峰，当地人称它为白崖。坐车去那里花了两个多小时。上坡、盘山，到一个无人的山谷。这里能听到海涛声，却看不见海。沿着一条通向林荫深处的木栈道，走向山林深处。木栈道沿着山崖蜿蜒，到一个凸出的山坡上，突然就看到了白崖。

这是耸立在海边的万仞绝壁，它确实是白色的，白得纯粹，白得耀眼。白崖下面，就是海滩，海滩的颜色，竟然是黑色的。白色的崖壁，黑色的海滩，蓝色的海水。蓝、白、黑，在天地间构成一幅神奇的图画。

栈道曲折而下，把我引到海滩上。站在海滩上仰观，白崖更显得森然，伟岸，纯净，如拔地而起的一堵摩天高墙，连接着天和海。海滩上的卵石，大多呈黑色，或者黑白相间。我不明白，为何一座白色的山崖，被风化在海滩上的碎片，却变成了黑色的卵石。这样的演变和结局，如同深藏玄机的魔术。

据当地人介绍，喜欢旅行的安徒生不止一次来这里，他曾来到白崖下，一个人坐在黑色的海滩上，遥望着深蓝色的大海，想他的心事。

眼前的山崖和海滩，和安徒生时代的相比，大概没有什么变化。安徒生来这里时，还是个年轻人，那些后来让他名扬世界的童话故事，这时还没有诞生。他坐在海边，惊叹自然和天籁的神秘奇美时，也曾让想象之翼在山海间飞舞。那些心怀着梦想的精灵，那些化成了动物之身的聪慧生灵，那些会说话思考的玩偶，也许曾随着安徒生的遐想，在白崖上自由蹁跹。

白崖，其实更像一块硕大无朋的白色巨碑，耸立在丹麦的海岸上。这才是举世无双的纪念碑，它属于丹麦，也属于安徒生。

2013 年 5 月 26 日完稿于四步斋

日暮之影

岁月的云雾笼罩着它，朦胧而含混。

夕照中的等待

下午四点钟，阳光乏力地照到新居的窗上，像一幅懒洋洋的窗帘，感觉到它缓慢无声的飘动，却无法将它掀起，无法随手将它收拢。

阳光由亮而暗，由金黄而橘红，这些细微却不可逆转的变化，正是我所期待的。

没有阳光的日子，窗外是一片灰蒙蒙的天。我似乎另有期待……

"笃，笃，笃，笃……"

门外楼梯上，响起了一阵清晰而沉着的声音。好像是有人拄着拐杖从楼上下来，经过我的门口，又缓缓下楼。这声音节奏实在慢得可以，那笃笃之声由上而下，由重而轻，在我耳畔回旋老半天，依然余音袅袅。

大约过了半个小时，那声音复又从楼下响起，慢慢又响上楼去。这声音节奏更慢，更为浊重。

刚搬进新居那几天，从早到晚杂乱的脚步声不断，听到那笃笃之声时，我只是闪过这样的念头：大概是一个老人，或者是一个病人。

一天天过去，那声音天天在四点钟光景响起，从不间断。于是我生出了好奇之心。有一天那声音响过我的门口时，我轻轻地打开门。门外的景象震撼了我的心——

那是一个身材高大却骨瘦如柴的老人，他佝偻着身子，一手扶着楼梯栏杆，一手撑着拐杖，艰难地从楼上走下来，每走一步，浑身都会发出一阵颤抖。听到我开门的声音时，他抬头笑了一笑，嘴里发出一阵含糊不清的声音，很显然，他在和我打招呼，而且很友好。他那灰黄的脸上呈露的笑容有些骇人，布满老年斑的皮肤下凹凸着头骨的轮廓。

如果把生命比作一支蜡烛的话，这老人的生命之火大概已快燃到了尽头。他为什么每天这时候都要走上走下？那一百八十级楼梯对他简直就是一场艰苦而又漫长的马拉松。我无法解开心中的疑团，情不自禁地便跟着他走下楼去。

老人双手拄着拐杖，坐在门口的一个花坛边上，目光呆滞地望着前方那空无一人的路，沐浴在温暖而凄凉的光芒中，像一尊苍老的雕塑。注意到他的眼睛时，我不觉怦然心动。这是一双充满渴望的生机勃勃的眼睛，那渴望犹如平静的池塘深处涌动着巨大的漩流。

我在路上慢慢地走，迎面遇到了骑自行车过来的邮递员。这是个沉默寡言的小伙子，因为我的邮件特别多，而且知道我以写作为生，所以见到我很客气，但也从不啰唆。他从邮包中掏出给我的信件和《新民晚报》，目光却越过我的肩膀注视着我的身后。

"怎么？你认识这位老人？"我诧异地问。

邮递员从邮包中抽出一份报纸，很平静地答道："是的。他在等我，等《新民晚报》，每天都等。"说罢，他丢下我急匆匆奔向那老人。

老人笑着接过报纸，嘴里又发出一阵含糊不清的声音，这次我听清楚了，他是在道谢。

送报纸的小伙子骑着自行车走了。老人没有回身上楼，却又坐到花坛边上。他把拐杖搁在一边，双手捧着报纸读起来。他的手在颤抖，报纸便随着手的颤抖晃个不停。鼻尖几乎碰到报纸，眯缝着的眼睛里闪动着焦灼、激动、贪婪而满足的目光。

一张晚报，对他竟有这么大的吸引力！

"这位老公公九十岁了，一张晚报是伊命根子，勿看见晚报，伊会在门口一直坐到天墨墨黑，侬讲滑稽勿滑稽？"说话的是底楼的一位孕妇，她腆着大肚子，站在门口一边打毛线，一边笑着告诉我。

老人已经颤巍巍地拄着拐杖走进门去。于是，那"笃笃笃笃"的声音又在楼梯和走廊里久久地回响……

此后天天如此，不管阴晴雨雪，每到下午四点，那拐杖声便在楼梯上响起，仿佛已成为我们这栋楼的一个组成部分。我在读晚报的时候，很自然地便会想起老人那焦灼、激动、贪婪而满足的目光。晚报上的消息和文章大多平平淡淡，然而大上海三教九流形形色色的生活却展现其中。晚报打开了一扇窗口，为老人孤独寂寞的晚年吹送着清新的风。一张晚报，在他面前是一个广阔而又热闹的世界，埋头在报纸里的时候，他的感觉也许就像已置身在这个世界中一样了。

一天傍晚，我出门办事回来，看见老人已在门口坐着等邮递员了。他将下巴支在拐杖扶手上，目光紧盯着那条空无一人的路。不一会儿，天下起雨来，雨珠又大又密，很快就把黄昏的世界淋得透湿。这时，只见好几个人围着老人，底楼那位孕妇清脆的嗓音很远就能听见：

"老公公，今朝晚报勿会来了，侬还是回家去吧。天黑了，侬衣裳也淋湿了……"

接下来是一个中年男人不耐烦的声音："爹，你何苦这样呢？每天跑上跑下，身体吃勿消。晚报看勿看有啥关系！"这大概是老人的儿子。我曾在楼梯上和他打过几次照面，是个衣冠楚楚的高个子男人。

"唉，真是烦死人！晚报晚报，断命格晚报，弄得一家人勿太平！勿看见晚报像要伊格命一样！我看啊，下个月索性停脱算了！"说话的肯定是老人的儿媳妇了，一个喜欢穿花衣花裤的满脸横肉的女人。

刚才发生的事情，不用解释我也明白了。晚报没有送来，老人一直在雨中等到现在，所以才引出麻烦来。

我走近门口，只见老人头上披着一张透明的塑料布，坐在花坛边上，神情木然，呆滞的目光流露出近乎绝望的悲哀。周围的人在说些什么，他似乎一句也没有听见。几位邻人面露恻隐之色，那孕妇打着一把雨伞站在老人的身边，显得手足无措；老人的儿子皱着眉头，显然，他已最大限度克制了自己的情绪；穿着花衫花裤的儿媳妇则满脸愠怒。眼见围观的人多起来，那一对愤怒的夫妇不由分说架起老人就往楼里拖，留下一群围观者在门口叹息：

"唉，作孽！作孽！"

"这老头子也有点儿怪，一天勿看晚报有啥关系，非要一直等下去。"

"伊活在世界上就剩下这一点点乐趣,侬哪能怪伊呢!"

"唉,到这样一把年纪,人活着也呒啥味道了。"

"……"

人们摇着头默默地散去。这一天的晚报终于没有送来。

第二天下午,我留心谛听门外的声音,拐杖声却始终没有出现。我下楼去取晚报,正好遇到那位年轻的邮递员。

"哎,老公公怎么今天不等我了?"邮递员一边往信箱里分发报纸一边问。

"他昨天淋在雨里等你到天黑。今天他大概不想再白白地等三个小时了。"站在门口的孕妇笑着和邮递员开玩笑。

邮递员愣了一愣,说:"昨天是印刷厂出毛病,我们也没办法。"说着,他把已经塞进六楼信箱的那份晚报又抽出来,转身噔噔噔地奔上楼去,几分钟后,小伙子脸色肃然,步履沉重地走下楼来。

"老公公怎么了?"我问。

"病了。"他只回答了两个字。

这以后,大约有一个星期没见老人下来。那笃笃笃的拐杖声从楼梯消失了。而六楼的那份晚报,竟也真的停了——老人儿媳妇的建议,大概被兑现了。

那天下午,黄昏的阳光又准时地照到了窗上。这时,我简直难以相信自己的耳朵——门外楼梯上，那消失了许多天的拐杖声音又响了。

"笃，笃笃，笃，笃笃笃……"

那声音和以前明显的不同，节奏极慢，毫无规律。从那慢而紊乱的声音里可以想象出老人举步维艰的样子。我开门往外看时，老人一手拄拐杖，一手扶楼梯把手，正弓着背站在楼梯拐弯处，大口大口地喘气。他的脸色灰白，目光呆呆地俯视着楼梯下面。这里离地面还有五层楼！

我走近老人，想扶他下楼。老人抬起头，咧开嘴朝我笑了一笑，慢慢地摇摇头，然后又开始往下走。他浑身颤抖着，脚每跨下一步都要花极大的力气，握拐杖的手显然已力不从心，拐杖毫无目的地在地面拖着……

十分钟以后，老人终于又坐到了门口的花坛边上。他像往常一样，将下巴支在拐杖把手上，凝视前方的依然是一双充满渴望的生机勃勃的眼睛。他家订的那份晚报已经停止，他难道不知道？

邮递员来了，还是那个年轻的小伙子。他老远就大喊："哎，老公公！你好！"

老人的眉毛动了一动，双目炯炯生光。

小伙子在老人面前下了车，不假思索地从邮包中抽出一份晚报塞到他手里。

老人埋头在晚报中，再也不理会周围的一切。晚报遮住了他的脸，我无法观察到他的表情，只见他那双紧抓住晚报的手在颤抖。那双枯瘦痉挛的手使我联想起溺水者最后的挣扎。

老人在花坛边上一直坐到天黑，他的脸始终埋在晚报之中。他是怎么回到楼上的我不知道，因为我再没有听见拐杖声响过。

第二天早晨，听邻人说，六楼那位老公公死了，死在夜深人静时。他的儿子和媳妇发现他死的时候，老人已经僵硬，手里还紧攥着那张晚报。

"砰——叭！"

一个爆竹突然在空中炸响，打破了早晨的寂静。原来在底楼那位孕妇在同一天夜里顺利地生下一个六斤四两的儿子。

"砰——叭！"

清脆的爆炸声迎接了一个新生命的诞生，也送走了一个留恋人世的老人。

1988年7月12日

光 阴

　　谁也无法描绘出他的面目。但世界上到处能听到他的脚步声。

　　当枯黄的树叶在寒风中飘飘坠落时，当垂危的老人以留恋的目光扫视周围的天地时，他还是沉着而又默然地走，叹息也不能使他停步。

　　他从你的手指缝里流过去。

　　从你的脚底下滑过去。

　　从你的视野你的思想里飞过去……

　　他是一把神奇而又无情的雕刻刀，在天地之间创造着种种奇迹。他能把巨石分裂成尘土，把幼苗变成大树，把荒漠变成城市和园林。他也能使繁华之都衰败成荒凉的废墟，使闪亮的金属爬满绿锈，失去光泽。老人额头的皱纹是他镌刻出来的，少女脸上的红晕也是他描画出来的。生命的繁衍和世界的运动全都由他精心指挥着。

他按时撕下一张又一张日历，把将来变成现在，把现在变成过去，把过去变成越来越远的历史。

他慷慨。你不必乞求，属于你的，他总是如数奉献。

他公正。不管你权重如山，腰缠万贯，还是一介布衣，两袖清风，他都一视同仁。没有人能将他占为己有，哪怕你一掷千金，他也决不会因此而施舍一分一秒。

你珍重他，他便在你的身后长出绿荫，结出沉甸甸的果实。你漠视他，他就化成轻烟，消散得无影无踪。

有时，短暂的一瞬会成为永恒，这是因为他把脚印深深地留在了人们的心里。

有时，漫长的岁月会成为一瞬，这是因为风沙淹没了他的脚印。

1988年1月14日

124

记忆中的光和雾

——西窗语丝

1

走在人流汹涌的大街上，眼前晃动着无数个面孔。这些面孔，我都不认识，但又好像都似曾相识。记忆中的很多事件，很多瞬间，很多场合，和其中的一些面孔有着关联。我想细究其中的秘密，但他们只是在我的眼前一晃而过，留不下任何痕迹。

2

记忆有时是刻在石头上的线条，那么深刻，岁月的流水无法将它们磨平。譬如童年时，一次在铁路轨道边上行走，突然有火车从后面奔驰过来，巨大的火车头喷吐着白烟，裹挟着可怕的旋风，从我的身边呼啸而过，那雷鸣般的声音，几乎将我的耳膜震破，而那旋风和气流，差点把我卷进车轮。虽然只是一个瞬间，但再无法忘记。此后，看到铁轨便害怕，一直到成年。现在想起来，那个可怕的瞬间依然清晰如初。

有时记忆却像云雾，飘忽在遥远的山谷里。

3

生命犹如一本画满风景的长卷。可是在丰富的色彩中，一定会留有很多空白。用什么来填补这些空白呢？也许是一声叹息，是无奈怅惘的一瞥，是迷途中无望的呼喊和挣扎。也许是一段音乐，我曾在不同的时候，不同的地点反复地聆听，我的心弦不断被它拨动。但我却至今不知道这是谁写的曲子。

4

那盏旧台灯，终于不再能发出光亮。但我仍然让它站在我的书桌上，仍然在读写时习惯地看它一眼，尽管它已经不能为我照明。发光的是另一盏新的灯，光亮也胜过旧灯。

可是我总在想，曾经为我驱逐过黑暗的那一缕光明，还在这个世界上吗？

5

为什么我喜欢青花？它们在古老的瓷器上散发着沉静的光芒。线条是活泼的，图纹是优雅的，浮躁的思绪会被那蓝色融化，使我想起宁静的湖，想起烟雨笼罩的青山，想起从竹林中飘出的琴瑟之音。

譬如我桌上那一只小小的青花瓷盘，上面描绘着飞禽走兽，鹿、喜鹊、鹤、蝈蝈、鱼，完全不照比例和常规来画，鱼在天上，鸟在水中，鹿在云湖之间。绘画者是明代的民间艺人，画盘上的景物，只用了寥寥数笔。先人的灵巧和智慧，以如此奇妙的方式凝固并留了下来。

6

从远方归来，行囊中只增添了一件物品：一块石头。

石头从河滩上捡得。在一片灰杂之色中，它以莹润的光泽吸引了我的目光。它的表面光滑，棱角早已被千百年的流水磨平，石色是纯净的鹅黄，莹润如玉，使人联想起昂贵的田黄，但它只是一块普通的河中卵石。仔细看这石头，发现其中有深褐色肌理，细密有致，如水波，如云纹，如画家恣意描画的曲线。我喜欢这样有内涵的石头，把它放在电脑边上，虽无言，却使我的心神为之飘游。伸手抚摸它，它清凉着我的掌心，于是想起在山涧中奔濯的清流，想起曾经在它身边游动的鱼，曾经倒映在它周围的兰草、树荫、星光、月色……

水的韵味，山的气息，大自然的瞬息万变和亘古如一，都萦绕在它的身上，也萦绕在我的手中。

7

那杆用羊毫制成的毛笔，已经老了，秃了。在笔筒里，它像一个颓丧的老人，孤苦寂寥地守候着，却不会再有人理会它。它和现代人的生活似乎是风马牛不相及，它的身边是电脑，是打印机，是经常扰人的电话。我觉得奇怪，我这个不怎么写毛笔字的人，居然也把它原来丰润饱满的笔锋磨秃了。我曾经用它无数次临《兰亭序》，写陶渊明的

《桃花源记》和《五柳先生传》，默李杜的诗篇，也用它写信。"一得阁"的墨汁因它而一瓶一瓶在我案头消失。

也许有人会以为我在附庸风雅，会笑话我的墨迹。其实，谁知道我的心思呢？用键盘代笔，久而久之，竟忘记了怎样写字。那些天天面对的汉字，我熟悉它们，也可以用键盘飞快地将它们打上屏幕，然而，当我要用笔书写它们时，它们却一个个变得遥远而生疏，我居然忘记了很多汉字的结构和笔画！

这就是我为什么要经常用毛笔写字的原因。当然，我又备下了新的毛笔，只是仍然舍不得将这旧笔遗弃。

8

一棵梧桐树上，挂着一只风筝。风筝是一只鸟的形状，彩色的，做得很精致。那是一只断了线才掉下来的风筝，它曾经随风高飞在天，而放飞它的，也许是一个孩子吧。孩子牵动手中的绳子，看它在蓝天中越飞越高。一阵狂风吹来，风筝的线断了，它像一只鸟，挣脱羁绊获得了自由，悠然消失在空中。孩子的手中还攥着那根断线，眼睛里一定会有迷惘和失落。于是他会知道，对一只不受束缚的风筝来说，这世界实在太大。

微风吹来，风筝在树上动了几下，但断线缠在树枝上，它怎么也飞不起来了。

9

那本老邮册的主人早已离开人世。我不知道他的身世，也不知道他的经历，只记得他的模样，戴一副玳瑁边眼镜，常常是一副沉思的表情。他将邮册留给我时，我还是一个不谙世事的孩子。他出国远去，一直到老死异域，再也没有回来。老邮册里有很多邮票，发黄的纸张，模糊的邮戳，叙说着它们的古老。邮票上有我永远也不可能认识的人物，异国的皇帝、将军、科学家、诗人……也有我无法抵达的许多纪念地，或是巍峨的巨厦，或是古老的废墟和金字塔……它们来自世界各地，邮戳上的时间跨越一个世纪。每一枚邮票都曾经历过千万里的旅行，连接着人间的一份悲欢的情怀，关系着一份亲情或者友谊，传递着一个喜讯或者噩耗，或者只是平平淡淡的一声问候。

而我，面对这些邮票，总是会想象它们原来的主人，想象他拆读一封封远方来信时的表情，想象他如何小心翼翼地将它们从信封上剥下。那是一张年轻的脸，脸上有过渴望和惊喜，那是一双年轻的手，它们曾经果敢而敏捷……我不知道他出国后的经历，也没有收到过他的一封信。在我的记忆里，他的年轻的脸和那些古老的邮票叠合在一起。而他的记忆中如果有我，大概只是朦朦胧胧的一个好奇的孩子吧。

10

有一次在黑夜中迷了路。一个人急匆匆地走在曲折的陋巷里，远处有一盏昏暗的路灯，将黄色的光芒镀在高低不平的路上。路灯的阴影中突然出现一个人，他背着灯光，脸是黑的，看不清他的表情，也无法断定他的年龄，唯一能看见的是他黑暗中闪烁的目光。我问路，他凝视着我，却不回答。我再问，他还是不应声。我想或许是遇见了聋子。我和他擦肩而过。走出几步，背后传来了低沉的声音："朝有路灯的地方走，就能找到路了。"我回头想谢他，看见的只是他匆匆远去的背影。和那黑而模糊的脸不同，他的背影是清晰的，路灯的光芒虽然昏暗，却将他的略显佝偻的背影清晰地勾勒在我的视野中。

朝路灯走去，我很快就找到了出路。

在黑暗中，有时只需一点点光亮，便能将人引出困境。

11

在一条热闹的路上，一个中年妇人拦住了我。

"先生，我的男人今天早晨刚刚在医院里死去，我要回家乡去，身边剩下的钱不够买一张火车票，还缺六元钱。你能不能借我六元钱，回去后我会寄还给你。"

她有着一头稀疏的灰白头发，发黑的眼圈显示着夜晚的失眠，她的眼神中含着悲苦，但绝无乞怜的神情。

我从钱包里掏出十元钱递给她。她要我留下地址，我向她摆了摆手，匆匆离去。她的道谢从背后传来，声音里含着由衷的感激。能给这个不幸的女人一点小小的帮助，我有一种难言的快感。

回到家里，向妻子说起这件事，没等我说完，她突然大喊起来："那是个骗子，刚才她也这样对我说过，我已经给过她六元钱！"

妻子的愤怒先是感染了我。我纳闷，那个满脸悲苦的女人，竟会是个骗子？她说她刚死了男人，她为什么要以这样的诅咒骗取区区几元钱？不过我很快平静了，即便她骗了我，又怎么样，我已经以我的方式表达了一份同情。而且，她的真实的悲苦眼神，在我的记忆中不是一个骗子的表情。

向世人展示不幸博取同情，向不幸者布施同情，两者也许都是人性的流露。我想，这些其实无关高尚或者卑微，展示不幸，是无奈，也需要勇气，布施同情，有时也是为了抚慰自己的灵魂。

12

乘车在高速公路上疾驰的时候，风声在耳畔呼啸，路边的景物飞一般往身后退却。如让古人复生，坐在我这个座位上，他一定会以为这就是《西游记》中神仙们腾云驾雾的景象。从前花一整天走不到的地方，现在只要一个小时就可以抵达。现代化的科技缩短了时空的距离，遥不可及的目标，可以在瞬间抵达。

飞驰在现代的大道上，我脑子里产生的联想偏偏是昔日的羊肠小道。记得儿时去乡下，走过穿越田野的小路，夏天，小路被两边的芦苇和玉米掩盖，看不到路的尽头。走在这路上，脸颊和身体不时被翠绿的芦叶和玉米叶抚摸着，从绿荫深处传来鸟雀的鸣唱，不知道它们是什么鸟，那百啭多变的鸣唱使周围的天地变得无比幽深。虽然无法看见这些鸟雀，不过有奇妙的鸣唱，它们在我的想象中翻然多彩。走在这样的小路上，植物泥土的清香和天籁的音乐，笼罩了我的整个身心，这是亲切奇妙的感觉。初春时多雨，小路便变得湿滑泥泞，走路时常常被泥泞的路面黏掉了鞋子，还不时会滑倒在路上，摔得满身泥水。事后回想，这大概也是人和土地的亲热吧。秋后，小路渐渐赤裸在空旷的原野中，它不再神秘，一直通达天边，天边有村庄，有在寒风中依然保持着绿色的大树。那景象虽然有点单调，却引发阔大宽广的想象，使我的心在困顿中滋生美好的憧憬。这小路，就像人的生活，不同的时节，不同的心情，便会生出不同的感受和不同的故事。

如果要用自己的双脚去寻找一个遥远的目标，我宁愿走崎岖曲折的小路。路边的风景会使艰辛的跋涉充满了诗意和情趣。也许，寻找的过程比抵达目标更令人神往。

13

有些风景，可远观而不可近玩，譬如雪山。

远眺雪山，让人心胸豁朗。在蓝天下，雪山闪烁着银色的光芒，峻拔、圣洁、高傲、神秘。大地的精华，天空的灵性，仿佛都凝聚在它们晶莹的银光之中。它们是连接天地的桥梁。

如果是晴天，在蔚蓝色天空的映衬下，银色的雪山格外迷人。即便是阴天，远眺雪山也不会使你失望，它们藏匿在云雾中，忽隐忽现，仿佛在讲述一个神话，虽然遥远，却令人神往。

在云南，我登上过一座雪山。这座远眺如神话般奇丽的雪山，登临它的峰巅时，我却无法睁开眼睛，那铺天盖地的积雪中似乎有无数把锋利的芒刺和刀箭射出，刺得我眼睛发痛。在雪坡上，我始终无法睁大眼睛正视地上的雪，印象中，只留下一片耀眼的白色，还有那万针刺穿般的灼痛。

14

长江边上有一座很著名的楼阁，古时有文人为之作赋，千百年来脍炙人口，诗文中的楼阁也因此活在了人们的想象中。其实，那楼阁早就在战火中倒塌，江边连它的残柱颓垣也无迹可寻。

现代人喜欢仿造古时的名建筑以弘扬历史和文化，当然更是为了招徕游客。长江边上，那座消失的楼阁也重新耸立起来了，但那是现代人按照自己的想法重建的，是一座和古人诗文中的气息完全不同的新楼。雄伟的钢筋水泥大厦，被粉饰了古时的色彩和外套，怎么看也是一个伪古董。我曾经登上那座金碧辉煌的仿古楼阁，却没有引出丝毫怀古的幽情，想到的是现代人对历史的曲解和阉割。值得玩味的是，这样一件假古董，居然得到那么多人的赞美。

15

据说从梦境可以测知一个人的智慧和想象力。有的人梦境永远是黑白两色，有的人却可以做彩色的梦。别人的梦我不知道，我的梦似乎是彩色的。童年时的有些梦境，直到现在还记得。譬如有一次曾骑上长有羽翼的白色骏马，在蓝色的天空里飞舞，从天上俯瞰大地，大地七彩斑斓，云霞在身边飘动。也有关于海洋的梦，在梦中乘帆船远航，也曾梦中变成了一条鱼，在海底翔游，深蓝色的涌流中荧光点点，它们变幻成绮丽的大鱼，从远处游过来，把我包围，把我吞噬……日有所思，夜有所梦，梦境和白天的经历有时确实有关系。也是在儿时，有一次白天跟父亲上街，在一家帽子店盘桓许久。父亲选帽子时，橱窗里那些戴帽子的模特脑袋以默然的目光凝视我，无聊至极，那些模特脑袋是用石膏做的，都是外国人的脸，长得一个模样。那晚的梦境很可怖。走进家门，门廊的长桌上放着一个帽子店里的外国模特脑袋，他戴的是一顶中国乡村的毡帽。我走过他旁边时，他突然对我眨了眨眼睛，头也开始摇摆起来，接着，那脑袋从桌上跳下来，在地上一颠一颠地向我扑来。我吓坏了，拼命往屋里逃，可是脚下却像是被绳索套住，跨不出一步，只听见那跳跃的石膏脑袋在我的身后发出"咚、咚、咚"的声响……

长大成人后，梦境却常常变得模糊不清。不过还是常常有故人入梦。有时也会回到童年，睁开眼睛后，在那似醒非醒的瞬间，会不知自己身在何时何地，有时仿佛仍在孩时，有时却觉得自己已经成为一个耄耋老者，蹒跚在崎岖的小路上……

16

一个古盘子，粉白色的盘面上，画着一枝腊梅。腊梅的枝干是弯曲的，三四朵绽开的红梅，五六个含苞欲放的花骨朵，画得精细玲珑，令人赞叹。盘子背后有青花落款："大清乾隆年制"。这样的盘子，以前有一套八个，每个盘子上的梅花都画得姿态各异。如果它们能完整地保存至今，大概也是价格昂贵的宝贝了。

只剩下一个，而且也不能算完好无损了。古盘子上有一道淡淡的裂痕。这一道裂痕，在收藏家的眼里，便是身价大跌的致命伤。我不是收藏家，不会将它和钱的数额联系在一起。那道裂痕在我的眼里并未破坏了盘子的形象。更令我注意的是盘子表面的釉色，那是一种被称为"橘皮釉"的瓷釉，釉面凹凸不平，犹如橘皮，虽不光滑，却给人浑厚拙朴的感觉，一看就是有年头的古物。盘子底部最显眼的地方，釉彩有被磨损的痕迹，薄薄的一片，露出了瓷盘洁白的本色。要把这一片釉彩磨去，绝非一两日之功，必定有人天天以筷箸匙勺触摸，长年累月，才会留下如此痕迹。我常常在想，是谁一直在用这盘子用餐？是我的列祖列宗中的哪几位？他们曾经怎样议论过这盘子和盘中之餐？而我的联想总是无法转化成具体的人和景象，岁月的云雾笼罩着它，朦胧而含混，云雾散开后，清晰在我眼帘中的，依然是那一株花开满枝的腊梅。于是想，大概是自己的联想太俗，应该想一想那个在盘子上画梅的画工，他虽然没有留名，却留下了这株腊梅，可以让人想起大自然的冬景。

2003 年秋日

秋 兴

秋风一天凉似一天。风中桂花的幽香消散了，菊花的清香又飘起。窗外那棵老槐树，不知什么时候有了黄叶，风一紧，黄叶就飘到了窗台上。在热闹的都市里，要想品味大自然的秋色，已经不是一件容易的事情。在都市人的观念中，季节的转换，除了气温的变化，除了服装的更替，似乎再也没有别的什么了。

而我这个爱遐想的人，偏偏不愿意被四处逼来的钢筋水泥囚禁了自己的思绪。听着窗外的风声，我想着故乡辽阔透明的天空，想着长江边上那一望无际的银色芦花，想着从芦苇丛中扑棱着翅膀飞上天空的野鸭和大雁，想着由翠绿逐渐变成金黄色的田野……唉，可怜的都市人，就像关在笼子里的鸟，只能用可怜的回忆来想象奇妙的自然秋色了。

小时候，背过古人吟咏秋天的诗句："秋风起兮白云飞，草木黄落兮雁南归""落霞与孤鹜齐飞，秋水共长天一色""秋阴不散霜飞晚，留得枯荷听雨声""落叶西风时候，人共青山都瘦""采菊东篱下，悠然见南山"……这些诗句使我对自然的秋色心驰神往。想起来，古人虽然住不进现代都市的深院高楼，享受不到很多时髦便捷的现代化，但他们常常被奇妙的大自然陶醉，他们的心境常常和自然融为一体，世俗的喧嚣和烦恼在青山绿水中烟消云散。这样的境界，对久居都市的现代人来说，大概只能是梦境了。

年轻时代，我的生命也曾和大自然连成一体。在故乡崇明岛"插队落户"多年，日出而作，日落而息，晒黑了皮肤，磨硬了筋骨，闻惯了泥土的气味，从外表上看，我曾经和土生土长的乡亲们没有了区别。然而骨子里的习性难改。当我一个人坐在江边的长堤上，面对着浩瀚的长江，面对着银波荡漾的芦苇的海洋，倾听着雁群在天空中发出的凄厉呼叫时，我总是灵魂出窍，神思飞扬。我曾经想，在我们这个星球上，所有的生命都应该是有知觉的，其中包括一滴水，一株芦苇，一只大雁。我躺在涛声不绝的江边，闭上眼睛，幻想自己变成一滴水，在江海中自由自在地奔腾，变成一株芦苇，摇动着银色的头颅，在秋风中无拘无束地舞蹈，也变成一只大雁，拍动翅膀高飞在云天，去寻找遥远的目标……我曾经把自己的这些幻想写在我的诗文里，这是对青春的讴歌，是对人生的憧憬，是对生命和自然天真直率的诘问。如今再回头聆听年轻时的心声，我依旧怦然心动。当年的涛声、雁鸣、飞扬的芦花、掺杂着青草和野艾菊清香的潮湿的海风、荡漾着蟋蟀和纺织娘鸣唱的清凉的月光，仿佛仍在我的周围飘动鸣响。故乡啊，在你的身边，这一切都还美妙一如当年吗？

然而一切都很遥远了。此刻，窗外流动的是都市的秋风，没有大自然清新辽远的气息。今年夏天回故乡时，我从长江边采了几枝未开放的芦花，回来插在无水的盆中，它们居然都一一开出了银色的花朵，使我欣喜不已。这些芦花，把故乡的秋色送到了我的面前。这些芦花，也使我联想到自己鬓边频生的白发，这是人生进入秋季的象征，谁也无法阻挡这种进程，就像无法阻挡秋天替代夏天、春天替代冬天一样。不过我想，人的心灵和精神的四季，大概是可以由自己来调节的。当生存的空间和生理的年龄像无情的网向你罩过来时，你的心灵却可以脱颖而出，飞向你想抵达的任何境界，只要你有这样的兴致，有这样的愿望，有这样的勇气。

是的，此刻，聆听着秋声，凝视着芦花，我在问自己：你，还会不会变成一只大雁，到自由的天空中飞翔呢？

1995 年 10 月 27 日

心灵是一棵会开花的树

我说人的心灵是一棵树，你是不是觉得奇怪？

真的，心灵是一棵树，从你走进这个世界，从你走进茫茫人海，从你睁开蒙昧的眼睛那一刻开始，这棵树就已经悄悄地发芽、生根，悄悄地长出绿叶，伸展开枝丫，在你的心里形成一片只属于你自己的绿荫。难道你不相信？

你不知道，其实你已经无数次看见这样的花在你身边开放。

当你在万籁俱寂的夜间突然听到一曲为你而响起的美妙音乐……

当你在冰天雪地的世界中遇到一间为你而开门的小屋，屋里正燃烧着熊熊的炉火……

当你在十字路口彷徨徘徊、举棋不定，有人微笑着走过来给你善意的指引……

当你的身体因寒冷和孤寂而颤抖，有一双陌生而温暖的手轻轻地向你伸来……

当你发现有一双美丽的眼睛用清澈的目光默默凝视你……

我无法一一列举各种各样的"当你"，当你欢乐，当你迷茫，当你为世界的壮阔和奇丽发出惊奇的赞叹，当你被人间的真情和温馨深深地感动，当你面对世间残存的丑恶、冷漠和残暴忍不住愤怒呼喊……

当你的灵魂和感情受到震撼，受到感动，不管这种震撼和感动如闪电雷鸣般强烈，还是像微风一样轻轻从你心头掠过……

每逢这样的时刻，便是你观赏到心灵之花向你怒放的时刻。每当这样的时刻，你的心灵之树也在悄悄发芽，在长叶，在向辽阔的空间伸展自由的枝干。没有一个画家能用画笔描绘出这样的景象，没有一个诗人能用诗句表达这样的过程，这是一种无声无形的过程，但是它所引起的变化，却悠悠长长，绵延不尽，改变着你生命的历史，丰富着你人生的色调。

相信吗，你的心灵一定会开一次花，一定的。也许是粲然的一大片，也许只是孤零零的一朵；也许是举世无双的美丽奇葩，也许只是一朵毫不起眼的小花……你的心灵之花也许开得很长，常开不败；也许只是昙花一现，稍纵即逝的鲜艳……

谁也无法预报心灵之花开放的时辰，更无法向你描述它们怒放时的奇妙景象，但我可以告诉你，这样的花，每时每刻都在人间开放。当有人在向世界奉献爱心，这样的时刻，就是花开的时刻。

愿你的心灵悄悄地开花。

愿我们的世界是一个心花怒放的世界。

1993年12月16日

历　史

一

历史是什么？

它看不见摸不着没有固定的形态。然而它涵盖所有流逝的岁月。没有人能够躲避它的剖视。就像一个人在海里游泳无法摆脱海水的拥抱，你跃出海面后潜入海底，海水还是要淹没你，哪怕你变成一条飞鱼，展翅在天空滑翔，最后免不了仍会落进海里。没有人能够超越历史。

那么，历史是什么呢？

二

一片土地的沧桑变迁可以是一部历史。

一个民族的盛衰兴亡可以是一部历史。

一个家庭的悲欢离合可以是一部历史。

一个人的生活旅程可以是一部历史。

一场战争可以是一部历史。

一场球赛可以是一部历史。

······

历史可以很长很长，长如黄河扬子江，生命的旅途有多么漫长它就有多么漫长，人类的年龄有多么古老它就有多么古老。

历史可以很大很大，大如东海太平洋，世界有多么辽阔它就有多么辽阔，宇宙有多么浩瀚它就有多么浩瀚。

历史可以很短很短，只是一个冬天或者一个夏天，只是抽一支烟的片刻，甚至只是眨眼瞬间。

历史可以很小很小，小到一个庭院，一孔窑洞，甚至小到一个蚁穴。

过去的一切，都是历史。

三

历史不是一张白纸，你想涂成什么颜色就可以是什么颜色。

历史不是一块橡皮泥，你想捏成什么模样就可以是什么模样。

历史不是一块绸缎，任你随心所欲剪裁成时髦的衣裳装饰自己。

历史不是一把吉他，任你舞动手指在弦上弹出你爱听的曲子。

历史是出窑的瓷器，它已经在烈火的煎熬中定型。你可以将它打碎，然后还原起来，它仍然是出炉时的形象。

历史是汹涌的潮汐，它呼啸着冲上沙滩时人人都为之惊叹。它悄然退落时，许多人竟会忘却它的磅礴，忘却它曾经汹涌过，呼啸过，然而海滩忠实地记录着它的足迹，没有什么力量能将这足迹擦去。

白蚁可以将史书蛀得千孔百疮，但历史却不会因此而走样。装潢精致堂皇的典籍未必是真历史。墨，可以书写真理，也可以编织谎言。谎言被重复一千次依然是谎言，真理被否定一万次终究是真理。

四

是的，历史是起伏的潮汐。涨潮，未必是历史的峰巅；落潮，也不是历史的中断，更不是历史的倒退，落潮之后，必定会有新的潮汐。

在历史的潮汐中，个人只能是其中的一簇浪花。有人一生都想做一个冲浪者，脚踏着冲浪板，在迭起的浪峰上做种种令人惊叹的表演。然而他们不可能永远凌驾于浪峰之上，潮头总要把他们打入水中。而那些企图逆流而行的弄潮者，在历史前进的惊天动地的涛声中，他们的呼喊留不下一丝回声。

历史将前进，这是必然。

1989年8月

日晷之影

影子在日光下移动，
轨迹如此飘忽。
是日光移动了影子，
还是影子移动了日光？

——题记

我梦见自己须鬓皆白，像一个满腹经纶的哲人，开口便能吐出警世的至理格言。我张开嘴巴，却发不出一点声音。

我走得很累，坐在路边的石头上轻轻地喘息，我的声音却在寂静中发出悠长的回声。

时间啊，你正在前方急匆匆地走，为什么，我永远也无法追上你？

时间是不是一种物质？说它不是，可天地间哪一件事物与它无关？说它是，它无形无色无声，谁能描绘它的形状？

说它短促，它只是电光闪烁般的一个瞬间。然而世界上有什么事物比它更长久呢，它无穷无尽，可以一直往上追溯，也可以一直往下延续，天地间永远没有它的尽头。

说时间如流水，不错，水在大地上奔流，没有人能阻挡它奔腾向前。然而水流有干涸的时候，时间却永不停止它的前行。说时间如电光，不错，电光一闪，正是时间的一个脚步。电光闪过之后，世界便又恢复了它的沉寂和黑暗。那么，时间究竟是闪烁的电光，还是沉寂和黑暗？

我们为时间设定了很多标签，秒，分，小时，天，旬，月，年，世纪……对于人类来说，每一个标签都有特定的意义，因为，在这个时刻，发生了对于某些人具有特殊意义的事件，比如某个人诞生，某一场战争爆发，某一个时代开始……然而对于时间来说，这些标签有什么意义呢？一天，一个月，一年，一个世纪，在世间的长河中都只能是一滴水，一朵浪花，一个瞬间。

再伟大的人物，在时间面前，都会显得渺小无能。叱咤风云的时候，时间是白金，是钻石，灿烂耀眼，光芒四射。然而转瞬之间，一切都已经过去，一切都变成了历史。

根据爱因斯坦的假设，如果能以光的速度奔跑，我就能走进遥远的历史，能走进我们的祖先曾经生活过的世界。于是，我便也能以现代人的观念，改写那些已经写进人类史册的历史，为那些黑暗的年代点燃几盏光明的灯火，为那些狂热的岁月泼一点清醒的凉水。我也能想办法改变那些曾经被扭曲被冤屈的历史人物的命运，避免很多人类的悲剧。我可以阻止屈原投江，解救布鲁诺出狱，我可以使射向普希金的子弹改变方向，也能使希特勒这个罪恶的名字没有机会出现在世界上……

然而我也不得不自问，如果我改变了历史，改变了祖先们的命运，那么，这天地之间还会不会有我此刻所处的世界，还会不会有我这样一个人？

我想，我永远也不可能以光速奔跑，我的同类，我的同时代人，我的后代，大概都不可能这样奔跑。所以我不可能改变历史，而且，我并不想做一个能改变历史的好汉。爱因斯坦也一样，他再聪明伟大，也无法改变已经过去的历史，即使他能以光速奔跑。

在乡下"插队"时，有一次干活休息，我一个人躺在一棵树下，斑驳的阳光透过树叶的缝隙照在我的身上。我的目光被视野中的一条小小的青虫吸引，它正沿着一根细而软的树枝，奇怪地扭动着身体，用极慢的速度往上爬。在阳光的照射下，它的身体变得晶莹透明。可以想象，对它来说，做这样的攀登是何等艰难劳累。小青虫费了很多时间，攀登到了树枝的顶端，再也无路可走。这时，一阵风吹来，树枝摇晃了一下，小青虫被晃落在地。这可怜的小虫子，费了这么多时间和气力，却因为瞬间的微风而功亏一篑。我想，我如果是这条小青虫，此刻将会被懊丧淹没。小青虫在地上挣扎了一会儿，又慢慢在地上爬动起来，我想，它大概会吸取教训，再也不会上树了。我在树下睡了一觉，醒来的时候，发现那条小青虫竟然又爬到了原来那根细树枝上，它还是那样吃力地扭动着身体，慢慢地向上爬……这小青虫使我吃惊，我怎么也不明白，是什么力量使它如此顽强地爬动，是什么原因使它如此固执地追寻那条走过的路，它要爬到树枝上去干什么？然而小虫子的执着却震撼了我。这究竟是愚昧还是智慧？

这固执坚韧的小青虫使我想起了希腊神话中的西西弗。西西弗死后被打入地狱，并被罚苦役：推石上山。西西弗花费九牛二虎之力，将一块巨石推到山顶，巨石只是在山顶作瞬间停留，又从原路滚落下山。西西弗必须追随巨石下山，重新一步一步将它推上山顶，然后巨石复又滚落，西西弗又得开始为之拼命……这种无效无望的艰苦劳作往复不断，永无穷尽。责令西西弗推石的诸神以为这是对他最严厉的惩罚。西西弗无法抗拒诸神的惩罚，然而推石上山这样一件艰苦而枯燥的工作，却没有摧垮他的意志。推石上山使他痛苦，也使他因忙碌辛劳而强健。有人认为，西西弗的形象，正是人类生活的一种简洁生动的象征，地球上的大多数人，其实就是这样活着，日复一日，重复着大致相同的生活。那么，我们生活的世界难道就是一个地狱？当然不是。加缪认为，西西弗是快乐而且幸福的，他的命运属于他自己，他推石上山是他的事情。他为把巨石推上山顶所作的搏斗，本身就足以使他的心里感到充实。

西西弗多像那条在树枝上爬动的小青虫。将时光和精力全部耗费在无穷的往返中，耗费在意义含混的劳役里，这难道就是人生的缩影？

我当然不愿意成为那条在树枝上爬动的小青虫，也不希望成为永远推着巨石上山的西西弗。我只想做一个普通的人，按自己的心愿生活。可是，我常常身不由己。

人是多么奇怪，阴霾弥漫的时候盼望云开日出，盼望阳光普照大地，晴朗的日子里却常常喜欢天空飘来云彩遮住太阳。黑暗笼罩天地的时候，光明是何等珍贵，一颗星星，一堆篝火，一点豆火，都会是生命的激素，是饥渴时的面包和清泉，是死寂中美妙无比的歌声，是希望和信心。如果世界上消失了黑夜，那又会怎么样呢？那时，光明会成为诅咒的对象，诗人们会对着太阳大喊：你滚吧，还我们黑夜，还我们星星和月亮！我们的祖先早已对此深有体验，后羿射日的故事，大概不是凭空杜撰出来的。

造物主给人类一双眼睛，我们用它们看自然，看人生，用它们观察世界上发生的一切事情。我们也用它们表达情感，用它们笑，用它们哭——多么奇妙，我们的眼睛会流出晶莹的液体。

婴儿刚从母体诞生时，谁也无法阻止他们的哇哇啼哭。他们不在乎任何人的看法，放开喉咙，无拘无束，大声地哭，泪水在他们红嫩的小脸上滚动，嘹亮的哭声在天地间回荡。哭，是他们给这个迎接他们到来的世界的唯一回报。

婴儿为什么哭？是因为突然出现的光明使他们受了惊吓，是因为充满空气的世界远比母亲的子宫寒冷，还是因为剪断了连接母体的脐带而疼痛？不知道。然而可以肯定，此时的哭声，没有任何悲伤的成分。诗人写诗，把婴儿的啼哭比作生命的宣言，比作人间最欢乐纯真的歌唱，这大概不能说错。而当婴儿长成孩童，长成大人后，有谁能记得自己刚钻出娘胎时的哭声，有谁能说清楚自己当时怎样哭，为什么而哭。诗人们自己也说不清楚。无助无知的婴儿，哭只是他们的本能。我们每个人当初都曾经为这样的本能大声地、毫不害羞地哭过。没有这样的经历，大概不能成为一个真正的人。

当我们认识了世事，积累了感情，有了爱憎，当我们开始在意自己的形象和表情，哭，就成了问题。哭再不可能是无意识的表情，眼泪，和悲哀、忧伤、愤怒、欢乐联系在一起。有说"姑娘的眼泪是金豆子"，也有说"男儿有泪不轻弹"，流眼泪，成了生命中的严重事件。

人人都经历过这样的严重事件。我想，当我的生活中消失了这样的"严重事件"，当我的眼睛失去了流泪的功能，我的生命大概也就走到了尽头。

心灵为什么博大？因为心灵在成长的过程中，经历了无数细微的情节，它们积累，沉淀，像种子在灵魂深处萌芽，生根，长叶，最终会开出花朵。把心灵比作田地，心田犹如宽广的原野，情感和思索的种子在这原野里生生灭灭，青黄相接，花开不败。我们视野中的一切，我们思想中的一切，我们所有的喜怒哀乐，都在这辽阔无边的原野中跋涉驰骋。

生命纵然能生出飞舞的翅膀，却无法飞越命运的屏障，无法飞越死亡。我们只是回旋在受局限的时空里，只是徘徊在曲折的小路上。对于个人，小路很短，尽头随时会出现。对于人类，这曲折的小路将永无穷尽。

活着，就往前走吧。我不知道前面会出现什么，但我渴望知道，于是便加快脚步。在天地之间活相同的时间，走的路却可能完全不同，有人走得很远，看见很多美妙的景色，有的人却只是幽囚于斗室，至死也不明白世界有多么辽远阔大。

我常常回过头来找自己的脚印，却无法发现自己走过的路在哪里，无数交错纵横的脚印早已覆盖了我的足迹。

仰望天空，我永远也不会感到枯燥和厌倦。飞鸟划过，把自由的向往写在天上。白云飘过，把悠闲的姿态勾勒在天上。乌云翻滚时，瞬息万变的天空浓缩了宇宙和人世的历史，瞬间的幻灭，演示出千万年的动荡曲折。

最神奇的，当然是繁星闪烁的天空。辽阔，深邃，神秘，无垠……这些字眼，都是为夜空设置的。人间的神话，大多起源于这可望及而不可穷尽的星空。仰望夜空时我常常胡思乱想，中国的传说和外国的神话在星光浮动的天上融为一体。

嫦娥为了追求长生而投奔月宫，神女达芙妮为了摆脱宙斯的追求变成了一棵月桂树，嫦娥在月宫里散步时走到了达芙妮的月桂树下，两个同样寂寞的女神，她们会说些什么？

周穆王的八骏马展开翅膀腾云驾雾，迎面而来的，是赫利俄斯驾驭着那四匹喷火快马曳引的太阳车，中国的宝驹和希腊的神马在空中擦肩而过，马蹄和车轮的轰鸣惊天动地……

射日的后羿和太阳神阿波罗在空中相遇，是弓剑相见，还是握手言欢？

有风的时候，我想起风神波瑞阿斯，他拍动肩头的翅膀，正在天上呼风唤雨，呼啸的大风中，沙飞石走，天摇地撼。而中国传说中的风姨女神，大概也会舞动长袖来凑热闹，长袖过处，清风徐来，百鸟在风中飞散，落花在风中飘舞……我由此而生出奇怪的念头：风，难道也有雌雄之分？

在寂静中，我的耳畔会出现《荷马史诗》中描绘过的"众神的狂笑"，应和这笑声的，是孙悟空大闹天宫时发出的漫天喧哗……

有时候，晴朗的夜空中看不见星星。夜空漆黑如墨，深不可测。于是想起了遥远的黑洞。

黑洞是什么？它是冥冥之中一只窥探万物的眼睛。它目力所及的一切，都会无情地被它吸入，消亡在它无穷无尽的黑暗里。也许，我和我的同类，都在它的视线之内，我们都在经历被它吸入的过程。这过程缓慢而无形，我们感觉不到痛苦，然而这痛苦的被吸入过程正在有条不紊地进行。

那么，那些死去的人，大概是完成了这样的痛苦。他们离开世界，消失在黑洞中。活着的人们永远也无法知道他们被吸入黑洞一刹那的感觉。

发现了黑洞的霍金坐在轮椅上，他仰望星空的目光像夜空一样深不可测。

宇宙的无边无际，我从小就想不明白，有时越想越糊涂。天外有天，天外的天外的天又是什么？至于宇宙的成因，就更加使我困惑。据说，在极遥远的年代，宇宙产生于一次大爆炸，这威力巨大的爆炸使宇宙在瞬间膨胀了无数亿倍。今天的宇宙，仍在这膨胀的过程中。爱因斯坦的广义相对论为这样的"爆炸"和"膨胀"说提供了依据。

于是坐在轮椅上的霍金说话了："假如膨胀宇宙论是正确的，宇宙就包含有足够的暗物质，它们似乎与构成恒星和行星的正常物质不同。"

"暗物质"，也就是隐形物质，据说它们占了宇宙物质的百分之九十。也就是说，在天地之间，大多数的物质，我都看不见摸不着，它们包围着我，而我却一无所知。多么可怕的事情！

科学家正在很辛苦地寻找"暗物质"存在的依据。这样的探寻，大概是人世间最深奥最神秘的工作。但愿他们会成功。

而我们这样平凡的人，此生大概只能观察、触摸那百分之十的有形物质。然而这就够了，这并不妨碍我的思想远走高飞。

一只不知名的小花雀飞到我书房窗台上。灰褐色的羽毛中，镶嵌着几缕耀眼的鲜红。这样可爱的生灵，还好没有归入隐形的一类。花雀抬起头来，正好撞到了我凝视的目光。它瞪着我，并不因为我的窥视而退缩，那对闪闪发亮的小眼睛，似乎凝集了天地间的惊奇和智慧。它似乎准备发问，也准备告诉我远方的见闻。

我向它伸出手去，它却张开翅膀，飞得无影无踪。

为什么，它的目光使我怦然心动？

微风中的芦苇姿态优美，柔曼妩媚，向世界展示生命的万种风情。微风啊，你是生命的化妆品，你用轻柔透明的羽纱制作出不重复的美妙时装，在每一株芦苇身边舞蹈。你把梦和幻想抛撒在空中，青翠的芦叶和银白的芦花在你的舞蹈中羽化成蝴蝶和鸟，展翅飞上清澈的天空。

微风轻漾时，摇曳的芦苇像沉醉在冥想中的诗人。

在一场暴风雨中，我目睹了芦苇被摧毁的过程。也是风，此时完全是另外一副面容，温和文雅不知去向，取而代之的是疯狂和粗暴，撕裂的绿叶在狂风中飞旋，折断的苇秆在泥泞中颤抖……这是一场实力悬殊的战争，是强大的入侵者对无助弱者的蹂躏和屠杀。

暴风雨过去后，世界像以前一样平静。狂风又变成了微风，踱着悠闲的慢步徐徐而来。然而被摧毁的芦苇再也无法以优美的姿态迎接微风。微风啊，你是代表离去的暴风雨来检阅它的威力和战果，还是出于愧疚和怜悯，来安抚受伤的生命？

芦苇无语。倒伏在地的苇秆上，伸出尚存的绿叶，微风吹动它们，它们变成了手掌，无力地摇动着，仿佛在表示抗议，又像是为了拒绝。

可怜的芦苇！它们倒在地上，在微风中舔着伤口，心里决不会有报仇的念头。生而为芦苇，永不可能成为复仇者。只能逆来顺受地活下去，用奇迹般的再生证明生命的坚忍和顽强。

而风，来去无踪，美化着生命，也毁灭着生命。有人在赞美它的时候，也有人在诅咒它。

无须从哲人的词典里选取闪光的词汇为自己壮胆。活在这世上，每一个人都具备了做一个哲人的条件。你在生活的路上挣扎着，你在为生存而搏斗，你在爱，你在恨，你在寻求，你在追求一个目标，你在为你的存在而思索，为你的行动而斟酌，你就可能是一个哲人。不要说你不具备哲人的智慧和深沉，即便你木讷少言，你也可能口吐莲花。

行者，必有停留之时。在哪一点上停下来其实并不重要。要紧的是停下来之前走了多少路，走到了什么地方，看见了一些什么。

将生命停止在风景美妙的一点上，当然有意思。即便是停止在幽暗之处，停止在人迹罕至的场所，停止在荒凉的原野，也不必遗憾。只要生命能成为一个坐标，为世人提供一点故事，指点一段迷津，你就不会愧对曾经关注你的那些目光。

我仰望天空，我知道上苍在俯视我。我头顶的宇宙就是上帝，我无法了解和抵达的一切，都凝聚在上帝的目光中，这目光深邃博大，能包容世间万物。

我想，唯一无法被上帝探知的，是我的内心。你知道我在想什么，我在憧憬什么，我在期待什么？上帝，你不知道，我也不会告诉你。如果你以为你已洞察一切，那么你就错了。

是的，对于我的内心来说，我自己就是上帝。

人迹和自然

离开庐琴湖时，我似乎若有所失，也似乎若有所得。

冰霜花

一

你从南国来信，要我描绘北方寒冷的景象，这使我为难了。在地图上，我们这个城市是在中国的南北之间，冬天，远不如东北寒冷，比起你们花城，自然冷多了，凛冽的北风，也能刺人骨髓。然而很难告诉你，什么是这里冬天的特征。你想象中的冰天雪地，这里没有。对了，有一个很有趣的现象，值得向你描绘一下。

早晨醒来，我的窗上总是结满了晶莹的冰霜。这是一些奇妙的花儿，大大小小，姿态各异：有六个瓣儿的，像一朵被放大了的雪花；有不规则的，无数长长短短呈辐

165

射状的花瓣布满了玻璃窗格。仿佛有一个身怀绝技的雕刻大师，每天晚上，都在窗上精心雕刻出新鲜的花样，使我一睁开眼睛，就得到一种美的享受，就感受到大自然和生活的多姿多彩……

大自然的创造，是人工所无法模拟的。窗上的这些冰霜花，实在是一个奇迹，每天出现，却绝不重复，千奇百怪，翻不尽的花样。看着它们，我总是感到自己的想象力太贫乏。它们似乎像世上所有的花儿，又似乎全都不像，于是，我想到了天女的花篮，想到了海底的水晶宫……如果是画家，他一定会从这些晶莹而又变化无穷的花纹中得到许多灵感和启示的。而我却只有惊叹，只有一些飘忽迷离的想入非非。我觉得它们是一朵朵有生命的花，是一首首无比精妙的诗……

二

太阳出来后，窗上的冰霜花便会渐渐融化，使窗户变得一片模糊，再也没有什么动人之处了。所以我有时竟希望太阳稍稍迟一些出来，能使这些晶莹的花儿多保留一些时候，让我多看几眼，多驰骋一会儿想象。

这些美妙的小花，只和寒冷做伴。我刚才说的那个雕刻大师，就是它——寒冷，呼啸的北风是它的雕刻刀。在人们诅咒着严寒的时候，它却悄悄地、不动声色地完成了它举世无双的杰作。大概很少有人看见过冰霜花开放的过程，这也许可以算一个秘密，只有风儿知道，只有水珠儿知道。当那些游荡在温暖的屋子里的水汽，在窗上凝结成小水珠时，窗外的寒流便赶来开始了它的雕刻。对小水珠儿来说，这种雕刻，可能是一场痛苦的煎熬，是一次生死的搏斗——柔弱而纯洁的小生命，面对强大的寒流，顽强地坚守着自己的营地，勇敢地抗争着。寒流终于无法消灭这些颤动的小生命，只是使它们凝固在玻璃上，成了一朵朵亮晶晶的花儿。

能不能说，冰霜花，是一场搏斗的速写，是一群弱小生命的美丽庄严的宣言呢？你可能会笑我牵强附会。但我从这些开放在严寒之中的小花儿身上，悟出了一个道理：美，常常是在艰难和搏斗中形成的。

三

是的，严寒为世界带来了灾难，却也造就了美。假如你看到被雪花覆盖的洁净辽阔的田野，看到北方人用巨大的冰块镂刻出千姿百态的冰雕冰灯，你一定会惊喜得说不出话来。而冰霜花，似乎是把严寒所创造的美全部凝集在它们那沉静而又精致的形象之中了。面对着它们，你也许再也不会诅咒寒冷。看着窗上的冰霜花，我也曾经想起南国的那些花，那些在炎阳和热风中优雅而又坦然地绽开的奇葩：凤凰花、茉莉花、白兰花、美人蕉、米兰……以及许多我从未曾有机会见识的南国花卉。在难耐的酷暑中，它们微笑着，轻轻地吐出清幽的芳馨。我想，它们，和这里的冰霜花似乎有着共同的性格，一个在严寒中形成，一个在高温下吐苞，都曾经历了艰难、痛苦和搏斗，却一样地美丽，一样地使人赏心悦目。无论在北方还是在南方，我们的周围，总是有一些美好的东西在默默地生长着，不管世界对它们多么严酷。也许，正是因为形成在严酷之中，这些美，才不平庸，不俗气，才会有非同一般的魅力。

四

你看，我扯得远了。还是回到我要向你描绘的冰霜花上来吧。

然而遗憾得很，暖洋洋的阳光已经流进了我的屋子。窗上的冰霜花早已融化了，像一行行泪水，在玻璃上无声无息地流淌，仿佛是因为失去了它们的美而悲哀地哭泣着。

168

不错，冰霜花，毕竟不能算真正的花，看着玻璃窗上那一片朦胧的水雾，我心中不禁有几分怅然。不过，到明天清晨，它们一定又会悄悄开放在我的窗上，向我展现它们那全新的容颜。

1983年1月于上海

江南片段

江南好，

风景旧曾谙。

日出江花红胜火，

春来江水绿如蓝，

能不忆江南？

——唐·白居易

江南的水

很多年前写过一篇文章，题目就叫《水做的江南》。在我的印象里，江南是水做的。

江南到处是水，池塘沟渠，溪涧流泉，江河湖泊……登高四望，如明镜般闪烁的，是水，如玉带般蜿蜒的，是水，如珍珠般滚动的，是水。多雨时节，江南就在雨的帘幕笼罩之下。绵长的雨丝把天和地连成一体，把江南织成一个水的世界……

　　江南是流动的水，是翡翠一样清碧的流水，是茶晶一般透明的流水，是云烟一样飘逸的水。这样的水，可以栽莲养荷蓄蛙鼓，可以濯足泛舟消春愁。这样的水，可以泡龙井茶，可以沏碧螺春，也可以酿酒，酿清冽甘甜的米酒，酿芬芳醇厚的加饭、花雕、女儿红……

　　要说江南之水的清丽柔美，当然首推杭州西湖。被透迤的小山环抱着的西湖，是一位性情柔和的南国美人。她的表情永远是那么温婉平和，或者面含微笑，明眸流盼，或者凝神遐思，目光沉静，或者愁容半掩，视野朦胧……西湖最美的时辰，当然是春天和秋日。春必须是初春，有雨有雾，湖光山色隐约在雨雾里，使人一时看不清她的真面目，而那种迷蒙空灵的景象，活脱脱就是写意的中国水墨画。这样的画面，很自然地会叫人联想起宋人夏圭描绘西湖烟雨的画。当然，还有名垂画史的宋代"米氏云山"，大书画家米芾和他的儿子，那位自称"墨戏"的米友仁，他们父子俩的山水写意画把烟雨迷蒙的湖山描绘得出神入化，使后人叹为观止。我想，米氏父子，当年一定常常在初春的雨中泛舟西湖，是千变万化的江南山水给了他们创作的灵感。不过，和变幻莫测的江南春色相比，画家的笔墨永远会显得贫乏。被画家用墨彩留在画纸上的，只是江南万千姿态的一二种。雨中的西湖美妙，晴天的西湖同样迷人。当娇艳的春日冲破云雾的阻挡，突然照到西湖上时，湖面上闪动着万点金鳞，湖光又反照到天上，把周围的群山辉映得一片灿烂。这时，倘若你正泛舟在湖中，从湖面蒸腾出的水汽氤氲飘升，明晃晃的湖光山色便全都在这无形的水汽中飘摇颤动起来，金色的阳光，翠绿的山林，缤纷的花卉，湖上泛动的小船，以及在苏堤、白堤和湖岸走动的游人，全在这氤氲水汽中晶莹透明地融为一体。秋日的西湖，最佳时刻是在深秋。湖上的暑气此时已散尽，湖周围青翠明丽的色彩开始显得深沉，翠绿的水杉变成了墨绿，倒映在湖面上的杨柳和梧桐的绿色浓荫变成了金黄和橙红。随风飘落的树叶犹如金色蝴蝶，在空中翩翩起舞，它们停落到湖上，便在水面弄出许多细微的涟漪。湖里的荷花早已花谢叶败，枯黄的荷叶以各种各样的姿态残留在水面上，使人情不自禁想到"留得残荷听雨声"这样的古诗。千百年过去，人间世事沧桑，今非昔比。然而将眼光凝视西湖，凝视江南的山水，却依旧能体会浪漫的古人面对自然时涌动的诗情。在杭州生活多年的苏东坡，写出"若把西湖比西子，淡妆浓抹总相宜"这样的诗，实在是有感而发。

西湖的水，有时候总感觉是太静了一点，太安分了一点。这时，便会想起九溪十八涧那些清澈活泼的流水。在江南，有多少这样的活水，谁能计算呢？从江南的山野和田园里走来的人，几乎人人都能向你描绘出几处你从未听说过的清泉和溪流。不过，如果把江南的水都想成西湖这样的静水，或者是九溪十八涧这样的细弱之水，那也是错。江南的水，也有雄浑壮阔的气象。我在无锡太湖边住过不少日子，太湖的万顷波涛，常常使我想起浩瀚的海。碰到有风的日子，湖面翻涌起万顷波涛，涛声阵阵犹如浑厚的鼓号，让闻者顿生豪气，心中的慵困和委顿被荡涤得干干净净。如果这样的水还嫌气势不够，那好，还有更壮观的。到农历八月十八日，到海宁看"钱塘潮"去。那汹涌而来的大潮排山倒海，惊天动地，咆哮的浪涛崩云裂石，可以让胆怯者魂飞魄散，也可以让豪爽者心旷神怡。这潮水，不仅在江南，就是在中国，在世界，也是罕见的奇观。看过这样的潮水，有谁还会说江南的水都是柔弱之流呢。

水，是江南的血脉，没有这些晶莹灵动、雄浑博大的水，也就没有了江南。

关于桥

　　和水连在一起的，是桥。江南是水的世界，自然也是桥的世界，如果没有桥，江南就成了一片被流水分割成碎片的土地。是桥把这些被分隔开的土地连成一个整体。在江南，有不少城镇被人们称为"桥乡"，因为，在这些城镇，目之所及，到处是桥。桥，凝结着江南人的智慧。

　　在江南的乡间，从前有很多木桥。这些木桥，大多结构简单，桩柱，桥梁，都是未经雕凿的原木，桥面或者是木板，或者是拳头粗的枝条。然而就是这些简单的桥，江南的人们可以把它们造得千姿百态，没有一座重复。记得小时候去乡下，见过一座小巧的木桥，长不过四五米，桥栏杆是用一些圆木棍搭成的，这些圆木棍似乎是很随意地排列着，却拼出了精美的图案。桥头有一个木头的凉亭，凉亭的廊柱和围栏被过桥人的手抚摸得油光闪亮，亭子的屋檐下，镶嵌着一条条雕花板，那上面雕刻的花纹我至今还记得，梅兰竹菊，还有在花丛里扑蝶的小孩。我喜欢走这座桥，走在桥上，桥面在脚下微微晃荡，仿佛能感觉到流水的波动。在算不上风景名胜之地的乡间，人们会想到修建这样既实用又有审美价值的木桥，实在很难得。要知道，那时，农民非常穷，在贫穷的状态中依然能保持这样的雅兴，依然不忘记追求艺术和美，这大概是值得骄傲的事情。如果没有进取之心，没有对生活的憧憬和希望，绝不可能这样。这样的木桥，大概很难保存到现在了，岁月的风雨会毁了它们。

江南的桥，更多的是石桥。它们才是长寿的。我喜欢看那些古老的石桥，它们给人的印象，是刚劲有力。江南的石桥，把粗犷和精巧，奇妙地结合在一起。造桥的石头往往没有经过磨砺，还保持着它们从山中被开采出来时的模样，质朴而粗犷。由它们组合成的石桥却是千姿百态。有时候，简洁的几根石条，便搭成了一座简易的桥；有时候，石块和石条组合成造型繁复的拱桥，桥身高高拱起，桥下是可以行船的圆形桥洞。这些桥，和威尼斯的那些拱桥有些相似，桥上行人，桥下过船，但建筑的风格却完全不同。陈逸飞在他的油画中画了江苏周庄的两座石桥，油画由美国的大收藏家哈默收藏，又转赠给邓小平，此画成为新闻眼，频频出现在电视、报纸和众多的杂志上。周庄和周庄的石桥也因此名扬天下。一些对中国知之甚少的外国人甚至把这桥看成了中国江南的象征。我去过周庄，被陈逸飞画过的双桥，确实是两座很别致的石桥。不过，在我的印象中，类似的石桥，在江南多得是。在苏州和无锡，在上海郊区的一些古镇上，我见过不少类似的桥。上海青浦的练塘镇上，就有好几座这样的石拱桥，其中最古老的，据说建造于明代。几个世纪来，古镇变化极大，旧屋倒塌，新楼矗立，然而这些石桥却依然如故，它们横跨在流动的水面上，数百年巍然不动。岁月的风雨，一代又一代人的手和脚，磨平了石头上的斧凿之痕。走在这样的桥上，感到现实和历史之间遥远的距离一下子缩得非常短。站在石桥上，看一只载着鱼鹰的小舟从桥下悠然滑过，那感觉仿佛是又回到了唐诗宋词的意境中。

二十多年前，我曾在江苏宜兴的蜀山镇客居多时，镇上有一座很大的石拱桥。高高的桥面上行人熙熙攘攘、小贩在桥上摆摊卖水果蔬菜日用百货，桥下船只来来往往，桥上的行人和桥下的船工高声应和互相打着招呼……这景象，很像是《清明上河图》中的那座大桥。走在这样的桥上，挤在杂色的人群中，我会突然觉得自己成了《清明上河图》中的人物。

桥使古老的历史得以延续，使祖先们当年生活的景象不再遥远隔膜。

然而，现代人的生活毕竟和古人的生活大不相同了。宽阔的水泥道就像不断扩张的蛛网，在江南的乡村伸展蔓延，纵横交错。造路就要建桥，连接这些水泥大道的，再也不可能是当年那些木桥和石桥，而是水泥桥，大大小小的汽车可以像蜘蛛一样从桥上爬过去。这些水泥桥，长是长了，宽也宽了，但是它们不会使人产生什么奇妙的联想，它们再也没有古老的木桥和石桥的那种悠长的韵味。当我坐在疾驰的汽车里，从这些桥上呼啸而过时，一面享受着它们提供的便利，一面却在怀念古老的木桥和石桥。这是多么矛盾而又无奈的事情。

江南的花

说过江南的水，也想说说江南的花。

江南是一个大花园。从春天的桃李海棠，夏日的莲荷蕙兰，到秋天的桂花菊花，江南的花数落不尽，描绘不完，用多少文字也写不全它们的形态、色彩和芬芳。不过，在我的记忆中，江南最美妙的花并不是这些可以入画入诗的、带着不少文气和雅味的名花奇葩。很多年前，我客居在太湖畔的一个小村庄，春天降临大地时，我常常一个人踯躅在田野中，茫无目标地走向远方。我记得河岸和小路两边的那些野花，它们犹如散落在青草中的珍珠，闪烁着晶莹的亮光。这都是一些很小的花，大的不过指甲那么一点，小的就像绿豆米粒。它们的色彩也很普通，没有大红大紫的彩色，不是几点雪白，就是几簇淡黄，再不，就是几星细微的雪青。这些野花，我几乎都叫不出它们的名字，也记不清它们的形状，但它们一路清新着我的视线，愉悦着我的心情，使我被一阵又一阵莫名的清香包围着。这样的景象，使我想起古人的诗句："一路野花开似雪，但闻香气不知名。"写这两句诗的是清代诗人吴嵩梁，我想，当年，他一定也有过和我一样的经历，独自一人在江南的田野里踏青，流连忘返，惊异于路边无名野花的烂漫和清新。

在我的记忆中，给人美感最多的江南之花，是两种最普通最常见的花：油菜花和芦花。

油菜花在春天开花。那是一些骨朵极小的金黄色小花，花瓣犹如婴儿的指甲般大小，如果一朵两朵地看，它们是花世界中毫不起眼的小可怜。然而没有人会记得它们一朵两朵的形状，在世人的眼里，它们是一个气势浩然的盛大家族，这些小花，不开则已，若开，便是轰轰烈烈的一大片，就像从地下冒出的金色湖泊，波澜起伏，辉映天地。在我的印象里，在自然界中，没有哪一片色彩比盛开的油菜花更辉煌，更耀眼。如果是在阴郁的时刻，面对着一大片盛开的油菜，就像面对着耀眼夺目的阳光，你的心情会豁然开朗。油菜花的香气也很特别，这是一种浓烈的清香，像是刚开坛的酒，说这香气醉人，一点也不夸张。油菜花，用它们旺盛的气势和明亮的色泽向人们展示着灿烂的生命之光。

　　芦花在很多人心目中不算什么花。当秋风呼啸，黄叶飘零，江南的大地开始弥漫萧瑟之气时，芦花悄悄地开了。它们曾经是河岸或者湖畔的野草，没有人播种栽培，它们却长得葳蕤旺盛，铺展成生机勃勃的青纱帐，没有人会把它们和娇嫩的花连在一起。然而就在花儿们无可奈何纷纷凋谢时，它们却迎着凛冽的风昂然怒放。那银色的花朵仿佛是一片飘动的积雪，纯洁，高雅，洋溢着朝气，没有一点媚骨和俗态。在我的故乡崇明岛，芦苇是最常见的植物。沿江的滩涂上，高大的江芦蓬蓬勃勃，一望无际。深秋时，芦花盛开，展现在人们眼前的是一片银色的海洋，它们和浩浩荡荡的长江波澜交相辉映，连成一个浩渺壮阔的整体。走在江边，听着深沉的江涛，被雪浪般的芦花簇拥着，神清气爽，心中的烦乱一扫而尽。前年秋天，我回故乡去。在江岸上散步时，我采了一大把芦花。听说我要把它们插在花瓶里，有人笑道：这样的东西，只配扎扫帚，怎么能插花瓶呢？我还是把家乡的芦花插到了花瓶里。我觉得它们胜过那些色彩艳丽却柔嫩短命的花，它们不会凋谢，也不会枯萎，用纯洁的银色，带给我清新的乡野之气，也向我描绘着生命的活力。凝视着它们，我的眼前会流过汹涌的江水，会涌起雪一般月光一般的遍地芦花，遥远的青春岁月，就悄悄地又回到了眼前……

好久不写诗了，却忍不住为这些芦花写出一首诗来：

凝视着永恒的流水

也曾有翠绿的春心荡漾

却总是匆匆又白了头

白了头，描绘一派秋光

银色的表情并不衰老

风中摇曳着深情的向往

所有的期冀都在天空飘扬

却不是无根的游荡

刀来吧，火来吧

哪怕一夜间消失了我的形象

却无法灭绝我地下的埋藏

只要水还在流风还在吹

地下的心就会发芽长叶

春雨里又会是一地葱茏的绿意

秋风里又会是漫天洁净的银霜

花的风骨

说起花的风骨，人们都要说梅花。在江南，也处处有梅花。梅花开在严寒之时，使无花的冬天提前有了春意。少年时代，在上海郊区的一所寄宿中学念书，学校附近有一个小花园，花园里有一片小小的梅林。冬春之交时，梅花盛开，我和几个同学经常相约去看梅花。这时，天气已经不怎么冷，看不到冰雪，风中已有几分湿润的春意。记忆中那一小片梅林是湖畔的一朵温柔的红云。它们并没有使我联想起什么傲雪斗霜的铮铮风骨，那一片红云，只是春天来临的象征。在我的心里，梅花不是一种能使人产生新鲜感的花。从古到今，不知有多少墨客骚人将梅花作为舞文弄墨抒发情怀的对象。读中学时，我也背诵过不少吟咏梅花的诗句。诗句很美，很有韵味，但是诗里的梅花和生活中的梅花并不是一回事。当年在崇明岛上"插队落户"时，我也在农民的灶墙上画过梅花，先画枯焦的枝干，再描粉红的花朵，然后在一边题"风雨送春归，飞雪迎春到"，这是当时人人都会背诵的诗句。有时，也忍不住题几句旧诗，譬如"梅破知春近"，或者"遥知不是雪，为有暗香来"……关于梅花的诗句是题写不尽的。我佩服古人，竟能在梅花身上发现那么多诗意和哲理。后人要想在梅花身上发现什么新的意韵，实在是难上加难了。

在江南，还有什么花像梅花那样，也能预报春天的来临呢？那大概总是有的。很多年前在崇明岛上，我曾在一片荒凉的海滩上认识一种奇妙的小花，至今无法忘怀。那时，我在崇明岛临海的东端上参加围垦。在海滩上用泥土垒起一条长堤，挡住海水，被长堤圈住的海滩便成了农田。人的奋斗，使大自然千万年才形成的沧海桑田变成了几个昼夜之间的事情。然而这些新围出来的农田却无法耕种，播下粮种，常常是颗粒无收。为什么？因为被围垦的海滩是盐碱地，不适宜种庄稼。连生命力极强的芦苇在那里也无法生存。于是人们便在这些盐碱地里放入淡水，水可以冲淡田里的盐分，又可以养鱼，一举两得。我被留在海边守鱼塘，度过了寂寞的一年。面对着荒芜的盐碱滩，难免联想起那些艰难孤独的人生，也难免顾影自怜。在大地的同一纬度上，只要春天一到，江南的大地上便花红柳绿，生命繁衍得轰轰烈烈，而这里，光秃秃的土地上只有白森森的盐花。寒冬尚未结束，但也已进入尾声。有一天，我发现盐碱滩上星星点点长出一些绿色的嫩芽。它们的叶瓣细小，却翠碧清秀，令人欣喜。海滩上寒风呼啸，这些翠绿的嫩芽似乎毫不在乎，迎着凛冽的风一点点伸展蔓延，没有什么力量能阻止它们的成长。有时候，从海上卷来的风猛烈得能把树连根拔起，能将屋顶整个掀掉，然而对这些贴地而生的绿草，它们显得无可奈何。这些扎根在盐碱地里，冒着严寒生长的植物，引起我极大的兴趣。我看着它们一天天大起来，高起来，长成了一蓬蓬小灌木似的绿球。它们为荒凉的盐碱滩铺上了一层斑驳的绿地毯。当地的农民告诉我，这是一种只在盐碱地上生长的野草，叫盐碱草。初春时，寒意未消，大概就是梅花开放的时节，盐碱草也开花了。这是一些淡紫色的小花，它们的蓓蕾小如米粒，乍开时并不显眼，要留心看才能发现。可是，等到所有的蓓蕾一起怒放时，盐碱滩上便出现了美妙的景象，只见一片片雪青的轻云，在风中飘摇。这时，风依然刺骨，盐碱滩上白花花的盐渍仍在，而笼罩大地的荒凉却已经不复存在，是这些活泼动人的小花驱逐了荒凉。这些小花，还引来了成群的蜜蜂。蜜蜂欢叫着在花丛中飞舞的情景，使我感动，我在当时的日记中这样感叹："世界上，有什么花比这些盐碱花更坚强更美丽呢？若论坚强，它们不会输给冰山上的雪莲，也不亚于在肥沃的土地上报春的梅花。它们是有着独特风骨的花。"我曾经采下一束盐碱花，养在一个杯子里。在一间简陋的茅屋中，那束盐碱花使我感受到了生命的无穷魅力，它向我展现了江南万花争艳的春天。

我想，只要春天如期降临人间，花是不会灭绝的，即便是在最贫瘠的土地上。

柔和刚

还是在很年轻的时候，有一年，和几位朋友在杭州春游。坐在西子湖边，面对着桃红柳绿，湖光山影，聆听着莺语燕歌，风叹浪吟，喝着清芬沁人的龙井茶，大家都有些醺醺然。江南的明丽和秀美，使人沉醉。这种沉醉，似乎能让人昏然欲睡，让人在温柔和妩媚的拥抱之中飘然成仙。这样的感觉，应了古人的诗：暖风熏得游人醉。朋友中有人下结论道：江南景色之妙，在于一个"柔"字。当时我并没有想到反驳这样的结论，很多年过去，回想起来，这样的结论大概站不住脚。

离杭州不远，还有一个很典型的江南古城绍兴。如果说江南的城市，都给人一种柔美的印象，那绍兴则完全不同。说起绍兴，我的心里很自然地会涌起一种刚劲豪迈的气概。那里，是我们的一位坚毅勇敢的先祖大禹的故乡，是卧薪尝胆的越王勾践的故乡，也是现代女杰秋瑾和文豪鲁迅的故乡，这些在中国历史上最有风骨的人物，都裹挟着勃勃英气，无法和一个"柔"字连在一起。然而绍兴的阳刚之气，并不是全由这些历史人物带来，走在这个新旧交织的城市里，我处处感到雄健的阳刚之气。

绍兴是一个由石头构筑的城市。古老的城墙是石砖砌成的，老城的路是石板铺成的，运河里的古纤道是石头架成的，而更多的是大大小小的石桥，千姿百态地架在密如蛛网的河道上。在这些铺路架桥造房子的石头上，用钢凿刻画出的无数粗犷有力的线条，岁月的流水和风沙无法磨平它们。这些石头，以及石头上的线条，使我感觉到一种厚重的力量，这种力量，和江南的柔风细雨完全是两回事。我曾经想，这么多石头，从什么地方来？后来游览了绍兴城外的东湖和柯岩，方才知道其中的秘密。东湖在峻岭绝壁之下，湖水波平如镜。坐船在湖中仰望，但见千仞危崖从天上压下来，那情景真是惊心动魄。这湖畔绝壁陡直险峻，犹如刀劈斧削，而临壁的东湖虽不宽阔，却深不可测。这山，这湖，似有威力巨大的鬼斧神工劈凿而成。后来我才知道，这里原来是古代的采石场，是石工的斧凿劈出了东湖畔的万丈绝壁，挖出了绝壁畔这一泓幽深的湖。人的劳动竟能造成如此壮观的景象，这是何等伟大的力量。柯岩也是绍兴的采石场，石工们削平了高山，又向地下挖掘。我见过石工们在深坑中采石，斧凿清脆的叮当之声和石工们高亢的吆喝之声交织在一起，从地底下盘旋而上，直冲云霄。这是我听见过的最激动人心的声音，这声音似乎是积蓄了千百年的痛苦和忧愤，埋藏了无数个春秋的憧憬和向往，猛然从人的内心深处迸发出来，挟带着金属和岩石的撞击，高飞远走，震撼天地。在柯岩听到这样的声音，印象中柔弱的江南就完全改变了形象。在柯岩，有一块名为"云骨"的巨大石柱，如同从平地上旋起的一缕云烟，被凝固成岩石，孤独地兀立在天地之间。这块奇石，并非天外来客，也不是自然造化，更不是神力所为，而是石工们的杰作。在劈山采石时，他们挖走了整座山峰，却留下了这一根使人遐想联翩的石柱。这像是一座纪念碑，像是一座雕塑，纪念并塑造着在江南创造了惊天动地业绩的采石工，他们是一个坚忍顽强的群体，是祖辈相传的无数代人。造就了绍兴城和其他江南城镇的石头，就是通过他们的手开采出来的。

江南的方言，被人称为吴侬软语，全无北方话的铿锵；江南的戏曲，也大多缠绵悱恻，唱的是软绵绵的腔调。唯独绍剧是例外。绍剧又叫"绍兴大板"，唱腔粗犷豪放，洋溢着阳刚之气。听绍剧时，我很自然地会联想起在柯岩听到石工们的采石号子，同样的激昂，同样的高亢。我曾想，绍剧的唱腔，会不会脱胎于石工的号子？

风啊，你这弹琴的老手

如果没有风吹来，一切都是静止的。

树，草，花，湖泊，海洋，甚至沙漠……这世界上的一切有生命的或者无生命的，在无风的时刻都成了凝固的雕塑。

是风改变了它们的形象，打破了它们的宁静，使它们变得充满了兴致勃勃的生命活力？风，果真有如此神奇的魅力？

那一年在庐山，我曾经为山顶庐琴湖的静态而惊奇不已。

那是在傍晚时分，无风，我散步去湖畔。湖畔的树林里，枝叶纹丝不动，一切都沉默着，只有几只已经归巢的鸟雀，偶尔发出一两声梦呓般的鸣叫。这鸣叫非但没有破坏林中的静寂，反而增添了几分幽静。穿过树林，就看到了湖。呈现在我眼前的是一个静极了的湖。碧绿的湖面平滑得如同一面巨大的明镜，镜面上没有一丝半点的裂纹和灰尘，这样的静态，简直有些不可思议。湖畔的树木，远方的山影，还有七彩缤纷的晚霞，一无遗漏，全部都倒映在这面镜子中。这是一幅静谧辉煌、略带几分凄凉的画，那种静止的瑰丽和缤纷竟使人感觉到一种虚幻，使人禁不住发问：这是真的吗？大自然是这样的吗？我突然想，要是有一点风，那有多好，眼前的风景也许会活泼美妙得多。

就在我为风景的过于静谧感慨遗憾的时候，突然地，就刮起风来。不知道这风来自何方，开始只是感觉头顶的树叶打破了它们的沉默，发出一片簌簌的声响。接着，就看见原先像镜子一般的水面微微起了波动。细而长的波纹从湖边轻轻地向湖心荡开，优雅得就像丝绸上飘动的褶皱。波纹不慌不忙地荡漾着，湖面上那幅静谧辉煌的画随之消失，变成了一幅印象派的水彩画，无数亮光和色彩搅和在一起，显得神奇莫测……

风渐渐大起来，湖畔的树木花草开始摇动起来。枝叶的摩擦声也渐渐响起来，一直响到整个世界都充满了它们的呼啸和喧哗。实在无法想象，几秒钟前还是那么文质彬彬、悄无声息的绿色朋友们，一下子竟都变得这样惊惶不安，变得这样烦躁。

再看湖面，波纹已经失去了先前的优雅，变成了汹涌的波浪。波浪毫无规则地在湖中翻涌起伏，就像有无数被煎煮的鱼儿，正在水下拼命挣扎游蹿……而湖面的画，消失得无影无踪。只有变得混浊的湖水，翻卷起无数青白色的浪花……

我久久地凝视着在风中失去了平静的湖水，倾听着大自然在风中发出的无数歌唱、呻吟、呼啸和呐喊，原来那种平静的心情烟消云散。和这风中的自然一样，我也开始烦躁起来，种种的失落，种种的不愉快和不顺心，如同沉渣泛起，搅乱了我的情绪。我离开湖畔，回到住宿的旅馆里。那是一个风雨之夜，风声雨声在窗外响了整整一夜，使我难以入眠……我已经无法记下那一夜我的思想和情绪，记下来恐怕也是一片混乱和芜杂，就像在风中飘摇摆动、纠缠在一起的树枝和草叶……唉，大自然起风与我何干，我为什么如此触景生情，这样自寻烦恼呢？

第二天早上起来，竟又是个阳光灿烂的大晴天。昨夜猖獗了一夜的大风，早已不知去向。从窗外传进来的，只有低回百啭的鸟鸣。也不知为了什么，一起床，我就往湖畔跑。我想知道，昨天傍晚在风中突然消失的那个宁静优美的世界，会不会重新回来。而这种突然来临，又突然消失的宁静，仿佛已经离我非常遥远。

依然是先穿过树林。树林和昨天傍晚未起风时一样，地上的花草和头顶的树叶都处于静止的状态，只有轻柔的晨雾和迷迷蒙蒙的阳光，在树枝和绿叶间飘动。林中的鸟儿们居然也都不知飞向何方，仿佛是为了让我看到和听到一个绝对安静的树林。而昨夜的风雨，还是在树林中留下了痕迹，那是从树叶上滴落下来的水珠，一颗一颗，晶莹而冷冷，无声地滴在我的脸上……

湖，又恢复了它的静态。水面略略升高了一些，湖水也不如昨天那么清澈，那是一夜雨水汇积的缘故。然而它的平静却一如昨天傍晚，依然是一面巨大的明镜，仰望着彩霞乱飞的天空。倒映在湖中的树林、山峰比傍晚看起来更为青翠，也更加清晰，而漫天越来越耀眼的朝霞，使得如镜的湖面光芒四射，叫人眼花缭乱……同样是静止的画面，昨天的那一幅使人在感觉辉煌时也感觉到凄凉，而今天这一幅，辉煌依旧，却绝无凄凉之色。而且，随着太阳的升高，湖面的光芒越来越耀眼，终于耀眼到使我无法正视……这时，山中又起了风，湖面上波纹骤起，在耀眼的亮光中，再也不可能看清楚波纹的形状。消失了山林倒影的湖水，顿时成了一片熊熊燃烧的火海……

我闭上眼睛，尽量不去想此刻正在我眼前如火海一般烈焰腾腾的湖面。我不喜欢这样的景象。这时，我心里出奇的平静，我很清楚自己向往的是什么。风声在我的耳边打着呼哨，头顶的树叶也是一片簌簌声。然而，我的脑海里，却出现了昨天傍晚看见的那个宁静安详的湖，出现了那一幅辉煌而略带凄凉的画面……这正是我要寻求的画面。我想，只要我静下心来思索，我的眼前可以出现我曾看见过的任何一种画面。无论是有风时的湖，还是无风时的湖。因为，不管是有风还是无风，湖总是那个湖，它的质量绝不会因为风而发生变异。风不为谁的意愿而来，湖也不想用自己不同的姿态来取悦任何人。所有一切风景之外的联想，都是因我自己的情感和思绪所致。"夫风者，天地之气，溥畅而至，不择贵贱高下而加焉。"宋玉在两千多年前发出的感叹，在现代人心中居然还能产生共鸣。

　　我想，在这个世界上，我们其实和一棵树或者一个湖一样。我们原本都是平静而安宁的。然而身外来风常常是出其不意地出现，你永远无法预料它们什么时候会吹过来，毫不留情地打破你的平静和安宁。谁也不能阻止风的到来，谁也无法改变风的方向和强弱。它们带来的可能是灾难，也可能是快乐和幸运。于是，对风的畏惧和希冀，使原本恬淡的生命，变得浮躁不安了，很多人再也无法忍受无风的生活，而是在以不同的心情期待着风的来临。这样，无风的时刻，生命便不会是凝固的雕塑了，尽管表面上看起来很平静。在这个世界上，最多变的，其实是人。这是人的优势，也是人的悲哀。

而当风吹来的时候，又会怎么样呢？是呜咽抽泣，还是劲歌狂舞？是保持着本来的形状，还是随风摇摆，成为风的指路牌？当然，还有一种可能，便是被大风拦腰折断……

在风中，我会成为怎样的一种风景？我会不会失去了自己呢？仿佛是为了回答我的困惑，我头顶的树叶在风中发出极为动听的娓娓细语，这低吟浅唱般的细语绝不会将人的思绪引向险恶之处。我的心中，又出现了一首关于风的诗：

听，风在树林里

弹奏着天上的交响曲

风啊，风啊

你这弹琴的老手

我的心弦轻轻地被你无形的手拨动

风啊，风啊

你这弹琴的老手……

记不清这是谁写的诗了。此刻，这首诗以奇妙的方式给了我一个巧妙的答案。我想，作为一个艺术家或者文学家，心里应该有一根不断的琴弦，不管风从什么地方来，不管来的是微风还是狂风，我心中的琴弦自会在风中颤动出属于我自己的音乐。谁也不能改变我的声音……是的，风只能使我的心弦颤动，但绝不能改变这心弦固有的音律。譬如写诗或者写散文，我常常要求在文字中倾吐自己灵魂的声音，展现自己心灵的色彩。那么，风是什么呢？风是我周围的环境，是发生在我周围的大大小小的事件，是影响我情绪的形形色色的人和物，是现实的生活，是正在发展的历史……风是一个巨大而丰富的客体，它们激动着我，启示着我，震撼着我，使我产生写作的欲望。这种激动、启示和震撼，便是风的手指拨动了我的琴弦。然而我的歌唱并非简单地描述风，它们永远不能替代我的主观世界，替代我的心灵。我在风中歌唱，却绝不是追风趋时，也不是违心地去媚俗。我相信，真正的作家，在相同的风中必定会唱出不同的心曲。就像我身边的树林和湖泊，前者在风中以枝叶低语，后者在风中波纹荡漾……

　　风来去无踪，变幻不定，而真挚的心灵之声，应该具有永久的魅力。

等我再看眼前的湖水时，微风正从湖上掠过。只见湖面上泛起一片片细密而整齐的波纹，就像是金鱼的鳞片。这时，站在湖边能感觉到微风扑面。这微风中的湖，是一条金光闪烁的大鱼了……

离开庐琴湖时，我似乎若有所失，也似乎若有所得。

1993年6月14日于四步斋

人迹和自然

很多年前上黄山，很为那里的美妙风景所陶醉。除了山石和溪泉，给我印象最深的是山上的松树。

说起黄山的松树，自然使人想起迎客松。它的形象已经通过无数照片和画被世人所熟悉。当年经过迎客松时的情景我一直记得很清楚。迎客松是黄山的明星，自然吸引了所有来爬山的游客，人人都想作为黄山的客人被它欢迎一下，于是大家排队站在这棵造型优美的大松树下照相。有些人觉得站着照相不够亲热，还要在树下做出种种姿态，或是倚在树干上，或是攀在树枝上……于是美丽的迎客松便永远地失去了安宁。它很忙，也很累，它根部的泥土被热情的游客们踩得异常结实，它的躯体也是不堪重负。我看到迎客松的时候，它已经明显地露出了疲惫的老态，它的优雅的手臂——那根向前伸展的枝杈已托不住所负的重量，正在无力地下垂，若不是一根木棍的支撑，它恐怕早已折断。我一边为迎客松担忧，一边也难免其俗，排队站到树下照了一张相。回来洗出照片，发现画面上最引人注目的，是那根支撑着松树枝杈的木棍。我背后的那棵迎客松，看上去就像是一个拄着拐杖的垂垂老者……

其实，在黄山，姿态奇崛动人的松树不计其数，迎客松未必是最出色的。在一些无人的小径边，或是无路的幽谷中，我曾见到许多高大挺拔的松树，在宁静之中不动声色地展示着千姿百态，使人惊异于自然的奇妙和生命的多姿。有些树在荒瘠的环境中表现出的坚强简直不可思议，它们就生长在光秃秃的岩石上，虬结盘绕的根须如剑如凿，锲而不舍地钻进岩缝，汲取生命的养料，使之化为峥嵘苍劲的枝干，化为欣欣向荣的绿叶。它们的存活就凭借着石缝里那一点点可怜的泥土。岂仅是存活，在远离尘嚣的宁静之中，它们所取极微，却照样生长得蓬蓬勃勃，活得轰轰烈烈。是的，它们无名，它们不为人所知，但这也正是它们的福气——没有慕名而来的游客在它们身边喧嚷，没有追新猎奇的人烦扰，它们便有了清静，有了自由，有了独享天籁的情趣。它们不会失去继续生长的外部环境，只要没有火山爆发，没有地层断裂，没有樵夫的刀斧。如果它们也像迎客松一样，被人们发现了、重视了，成了美名远播的明星，那会怎么样呢？请去看看老态龙钟的迎客松吧。

现在的迎客松活得怎么样，我并不知道，也许，它至今仍一如既往站立在路边迎接兴致勃勃的游客，园艺家们也可能想出各种各样的方法来延长它的生命，保留它的美姿，然而我很难相信它会重返青春。而那些无名的野松，我却深信它们将越活越年轻，越活越美丽，它们已战胜了大自然设置在它们前面的种种障碍，它们通过搏斗赢得了生存和成长的权利。它们是为自己活着。

在我们这个世界上，发现风景的是人类，毁灭风景的往往也是人类。许多年前，有几位朋友去了四川九寨沟，那时还没有几个人知道那地方。朋友们回来后绘声绘色地向我描述了九寨沟仙境一般的幽静和多彩，使我心驰神往。他们向我建议说："你要去，就趁早去，趁大家还不知道这个地方。等人群都涌进那山沟的时候，恐怕就没有什么风景可看了！"朋友的话似乎是危言耸听，然而我颇有共鸣。我很自然地想起了迎客松。后来我曾一次又一次错失了去九寨沟的机会，一直引以为憾，也因此而担心我再也看不到真正的九寨沟。去年夏天，终于冲破重重险阻进入了九寨沟。因为天雨路毁，沟中人烟稀少，展现在我面前的是一片宁静而又变幻无穷的奇妙天地，青山在云雾中出没，碧水在树林里奔流，野花在草丛和山坡上粲然怒放……依然可以把它比作仙境。然而只要留心寻觅，在美丽的仙境中处处能找到破坏风景的人迹。最早的伤痕是伐木者们留下来的，是到处能见到的树桩，是横陈在湖底或溪流中来不及运走的树木。新鲜的人迹当然是游客们的杰作，清澈见底的湖滩和茂密的灌木丛中，不时能看见被人随手遗弃的酒瓶和罐头，尽管这些瓶瓶罐罐色彩鲜艳，然而大煞风景……对一个地域广阔的森林公园来说，这些区区人迹自然还谈不上是什么毁灭性的伤害，不过谁能说这不是一段含义不祥的序曲呢？

我想，如果我是一棵树，或者是一片原始的山林，那么，与其被热热闹闹的尘嚣包围着名扬天下，还不如沉默而自由地独对自然。除非那些自称爱美爱自然的人真正懂得了珍惜美和自然。

1993年3月16日

岱山之夜

风中带着海的气息，清凉，湿润，有点鱼的腥味。

背后是海，星空之下，海面微波起伏，荧光闪动。岸畔的渔船，远处的岛影，全都影影绰绰，神秘，飘忽，梦幻一般。渔船桅杆如林，像幽暗中伸向空中的无数手臂，密集而安静，举着闪烁的灯，举着满天星光，似在探寻，又似在祈望。

渔船静静停泊着。渔民们却在夜色中欢腾。明天，是渔民的"歇渔节"，歇渔之后，渔船进港，渔人休息，海里的鱼儿虾儿，也可以不受侵扰地繁衍生息，过一段和平舒心的日子。

我的眼前，是一条灯光灿烂的大道，衣着缤纷的人们围集在道路两旁，笑语喧哗。大道中间空无一人，路面反射着灯光，像一个长长的舞台，静候着舞者登场。岱山人把在街上的表演叫作"踩街"，表演者大多是渔家儿女，他们将在街上尽兴歌舞，在人们的注视下慢慢走过，路旁观者也会跟着他们的节拍亦歌亦舞。这条大道，会流成一条欢腾之河。

咚咚咚咚……鼓声冲天而起，一群彪悍的渔民擂着大鼓走过来，那些撒渔网、拉缆绳的手，那些操纵风帆、搏击惊涛的手，此刻紧握鼓槌，把鼓擂得惊天动地。他们看上去都瘦而精悍，裸露的手臂上肌肉鼓动，可以感觉热血在急速流动。他们古铜色的脸膛上，洋溢着欢跃的激情。这些惯于在海上搏击风浪的汉子，今夜为什么而激动？鼓点骤雨般落下来，此起彼伏，山呼海啸，把夜的安静彻底驱逐。这鼓声，把渔港擂得沸腾了。鼓声是一个开场，鼓的节奏，引出了渔家的歌舞。

渔家女走过来，且歌且舞，唱的是本地悠扬的曲调，跳的是自编的活泼舞蹈，手中的彩扇舞动，如浪起伏，也如风飞扬。传说中的渔女日子艰辛，男人出海，在海上搏击风浪，她们守在家中担惊受怕，海滩上，有多少含泪的"望夫石"，望穿秋水，却永无回音。大海哺育生灵，为渔民提供生息，却也常常翻脸无情。有人说，大海咆哮，吞噬渔船，是海神发怒。海神为何发怒？这是一个永远没有答案的问题。也许，是人类向大海索取过多，却不思回报；也许，是海洋被贪婪的捕捞者搅得不胜其烦……现在，人们终于懂得了张弛之道，要向大海索取，也要让大海休息。我相信，渔家女们最欢迎这休渔的季节，和亲人团聚在一起，在海边观潮听涛，欢跃发自内心。此刻，在大街上，在众人的注目中，她们笑颜灿烂，舞姿奔放，夜风里响彻她们的歌声和脚步声……

彩灯晃动，晃出一群鱼虾和螃蟹，黄鱼、带鱼、鲳鱼、鱿鱼、乌贼、梭子蟹、大对虾……今晚，最快乐的，也许是这些海里的生灵。它们幻化成这些彩色的灯笼，举在渔民的手中，优美地舞蹈在成千上万观者的视野里。在捕鱼的季节，它们的日子是无法安宁的，机声响起，渔网围拢，它们的生命尽头就可能随之来临。那些网眼如豆的细孔渔网，可以将它们几代的生命一网打尽，永无复生的机会。它们的生和死，取决于海神的旨意，还是决定于人类的追捕？这也是没有答案的问题。大海茫茫，它们的家乡远比人类的家园浩瀚阔大，只要奉献些许，就可以满足人类之需。但曾几何时，人类的无情和贪欲，竟使它们无时无刻面临死神的召唤。现在，人类要休渔，要给海洋休养生息的时间，这些曾经担惊受怕的海中生灵，今夜的欢乐应该是由衷而自然的吧。

一群少女走过来，举着荷叶莲花，优雅的乐声里，绿荷红莲，映衬着少女们的青春脸庞。围观的人群静下来，停止了喧哗，停止了东张西望，浮游的目光，因为眼前的景象而沉静。看吧，少女们在欢腾喧嚣的人海中，静静地变成了一片优美的荷花池……

然而这欢乐之夜的沉静只是一个短短瞬间。踩街的人们一群群一队队走过去，花样出新，高潮迭起，歌声和脚步声在大道上回旋不尽。最后走过来的，是一群老渔民。

他们穿着鲜艳的中国服装，赤橙黄绿青蓝紫，七色纷呈。鲜亮的服装，衬托着他们饱经风霜的古铜色脸庞。他们是大声地吼唱着走过来的。我听不懂他们唱的歌词，但能感受他们的激情，他们的歌声里，有在海上搏击风浪的勇敢豪迈，也有往昔的惆怅和悲苦，更有对新生活的美好期冀。清凉的海风，因为他们的歌声而变得雄浑悠远，天地间到处是渔家人发自肺腑的深沉回音……

曲尽人散，临海的街道上人们渐渐散去。渔港，恢复了它宁静安谧的面貌。只有停泊在岸畔的渔船，仍然举着森林般的桅杆，举着一天闪烁的星光……

2006年12月

晨昏诺日朗

　　落日的余晖淡淡地从薄云中流出来，洒在起伏的山脊上。在金红色的光芒中，山脊上那些松树的轮廓晶莹剔透，仿佛是宝石和珊瑚的雕塑。眼帘中的这种画面，幽远宁静，像一幅辉煌静止的油画。

　　汽车在无人的公路上疾驶，我的目标是诺日朗瀑布。路旁的树林里突然飘出流水的声音。开始声音不大，如同一种气韵悠长的叹息，从极遥远的地方飘过来。声音渐渐响起来，先是如急雨打在树叶上，嘈杂而清脆，继而如狂风卷过树林时发出的呼啸。很快，这响声便发展成震天撼地的轰鸣，给人的感觉是路边的丛林中正奔跑着千军万马，人马的呐喊和嘶鸣从林谷中冲天而起，在空气中扩散、弥漫，笼罩了暮色中的天空和山林……

绿荫中白光一闪，又一闪。看见了大瀑布！

从车上下来，站在路边，远处的诺日朗瀑布浩浩荡荡地袒露在我的眼底。大瀑布离公路不到一百米，瀑布从一片绿色的灌木丛中流出来，突然跌入深谷，形成一缕缕雪白的水帘，千姿百态地垂挂在宽阔的绝壁前，深谷中则飞扬起一片飘忽的水雾。也许是想象中的诺日朗太雄伟，眼前这瀑布，宽则宽矣，然而那些飘然而下的水帘显得有些单薄，有些柔美，似乎缺乏了一些壮阔的气势。只有那水的轰鸣，和我的想象吻合。那震撼天地的声响，是水流在峭壁和岩石上撞击出的音乐。这音乐雄浑、粗犷，带着奔放不羁的野性，无拘无束地在山林里荡漾回旋。

诺日朗，在藏语中是雄性的意思。当地藏民把这瀑布称之为诺日朗，大概是以此来象征男子汉的雄健和激情。人世间有这样永远倾泻不尽的激情吗？很想沿着林中的小路走近诺日朗，然而暮色已重，四周的一切都昏暗起来。远处的瀑布有些模糊了，在轰鸣不绝的水声中，在水雾弥漫的幽暗中，那一缕缕白森森飘动的水帘显得朦胧而神秘，使人感到不可亲近……晚上，住在诺日朗宾馆。躺在床上无法入睡，窗外飘来各种各样的声音，有风吹树叶的沙沙声，有山涧流水的哗哗声，有秋虫优美的鸣唱……我想在这一片天籁中分辨出诺日朗瀑布的咆哮，却难以如愿。大瀑布那震天撼地的声音为什么传不过来？也许是风向不对吧。

第二天清早，天刚微亮，群山和林海还在晨雾的笼罩之中，我便匆匆起床，一个人徒步去诺日朗。路上出奇地静，只有轻纱似的雾气，若有若无地在飘。忽听背后嘚嘚有声，回头一看，是两匹马，一匹雪白，一匹乌黑，正悠然自得地向我走过来。这大概是当地藏民养的马，但却不见牧马人。两匹马行走的方向也是往诺日朗。我和它们并肩而行时，相距不过一米。两匹马并没有因为遇见生人而慌乱，目不斜视，依然沉静而平稳地踱步，姿态是那么优雅，仿佛是飘游在晨雾中的一片白云和一片黑云。到诺日朗瀑布时，两匹马没有停步，也没有侧目，仍旧走它们的路。我在轰鸣的水声中目送两匹马飘然远去，视野中的感觉奇妙如梦幻。

诺日朗又一次袒露在我的眼前。和夕照中的瀑布相比，晨雾中的诺日朗显得更加阔大，更加雄浑神奇。瀑布后面的群山此刻还隐隐约约藏在飘忽的云雾之中，千丝万缕的水帘仿佛是从云雾中喷涌倾泻出来，又像是从地底下腾空而起的无数条白龙，龙头已经钻进云雾，龙身和龙尾却留在空中，一刻不停拍打着悬崖峭壁……

沿着湿漉漉的林间小道，我一步一步走近诺日朗。随着和大瀑布之间的距离不断缩短，那轰鸣的水声也越来越大，迎面飘来的水雾也越来越浓。等走到瀑布跟前时，头发、脸和衣服都湿了。这时抬头仰观大瀑布，才真正领略到了那惊天动地的气势。云雾迷蒙的天上，仿佛裂开了一道巨大的豁口，天水从豁口中汹涌而下，洋洋洒洒，一落千丈，在山谷中激起飞扬的水花和震耳欲聋的回声。此时诺日朗的形象和声音，融合成一个气势磅礴的整体。站在这样的大瀑布面前，感觉自己只是漫天飘漾的水雾中的一颗微粒。我想起许多年前在雁荡山看瀑布时的情景，站在著名的大龙湫瀑布跟前，产生的联想是在看一条巨龙被钉在崖壁上挣扎。此刻，却是群龙飞舞，自由的水之精灵在宁静的山谷中合唱出一曲震撼天地的壮歌，使人的灵魂为之战栗。面对这雄浑博大、激情横溢的自然奇景，人是多么渺小，多么驯顺！

　　然而大瀑布跟前实在不是久留之地，因为空气中充满浓密的水雾，使人难以呼吸。赶紧往后退，退入林间小道。走出一段路再往后看，诺日朗竟然面目一新：奔泻的瀑布中，闪射出千万道金红色的光芒，这是从对面山上射过来的早霞。飘忽的水雾又把这些光芒糅合在一起，缤纷迷眩地飞扬、升腾，形成一种神话般的气氛……这时，远处的山路上传来欢跃的人声。是早起的游人赶来看瀑布了。

上午坐车上山时，绕过诺日朗背后的山坡，只见三面青山环抱着一大片碧绿的湖水，平静的湖水如同一块硕大无朋的翡翠，绿得透明而深邃，使人怀疑这究竟是不是水。当地的藏民把这样的高山湖泊称为"海子"。陪我来的朋友指着一湖碧水，不动声色地告诉我："这就是诺日朗。"

这就是诺日朗？实在难以把这一片止水和奔腾咆哮的大瀑布联系在一起。朋友说的却是事实。三面环山的海子有一面是长长的缺口，这正是大瀑布跌落深谷的跳台，也就是我在谷底仰望诺日朗时看到的那道云雾天外的豁口。走近海子，我发现清澈见底的湖水正在缓缓流动，方向当然是那一道巨大的豁口。这汇集自千峰万壑的高山流水，虽然沉静一时，却终究难改奔腾活泼的性格。诺日朗瀑布，正是压抑后的一次爆发和喷泻。只要这看似沉静的压抑还在，诺日朗的激情便永远不会消退。

丝绸之路上的奇遇

黄河入城

黄河从兰州城里流过。河畔有柳树，有鲜花，树荫花丛中有鸟雀的鸣唱和恋人的絮语。黄河的雄浑和奔放不羁，在河边的林荫道上丝毫也感觉不到。莫非，流过这样的繁华之地，连黄河也失去了激情？

但是只要走到河边，凭栏观察那奔流的河水，感受就完全不一样。如果走到那座古老的大铁桥上，俯瞰从桥下汹涌而过的急流，眼帘中的景象就更加惊心动魄。混浊的流水，如同黄色泥浆，在河床里挤撞，搅动，翻腾，凶险的漩涡环环相套。在迎面而来的风中，可以听见一阵阵急促不安的涛声。此情此景，仍使我想起古人的诗句，"黄河万里触山动，盘涡毂转秦地雷"，"九曲黄河万里沙，浪淘风簸自天涯"……

从天上流下来的黄河，从野山大谷中奔出来的黄河，尽管它从城市里流过，从热闹的人烟中流过，但没有任何力量能磨灭它的野性。它没有因为城市的繁华而滞留不前，依然呼啸远去，将雄浑的激情在天地间一路挥洒。

这才是黄河！

马踏飞燕

马踏飞燕是一座青铜雕塑，它已经成为中国古代艺术和文明的一种象征。一匹飞奔的骏马四蹄腾空，一只脚踏在一只展翅飞翔的燕子背上。马虽无翅，却奋然作飞翔状，蹄下那只飞燕，正回首观望，似乎在惊异于奔马的神速和矫健。古人的想象力和创造力，凝集在这匹小小的青铜马中。它的出现，曾经使整个世界都为之惊叹。

马踏飞燕的发现地点，是甘肃武威的雷台汉墓。这座汉墓中曾出土一大批青铜马，在幽暗的墓室中，它们组合成一个颇具规模的车马队，将墓主生前的威严和气派定格在暗无天日的地下。历经了两千多年，这些青铜马方才重见天日。然而这一群马匹中，为什么只有这匹脚踏飞燕的奔马名扬天下？因为它特别，因为它与众不同，因为它将马奔驰的动态塑造得无与伦比。其实，从这座古墓中出土的铜马造型都非常生动，尤其是马的头部，表情都不是呆滞单调的，所有的马，都张开嘴作仰天嘶鸣状。然而它们却曾在暗无天日的墓穴中沉默了两千多年。

走进雷台古墓时，无法将那条狭长幽暗的拱形墓道和飞扬的青铜奔马联系在一起。墓道是砖砌的，走过狭长的墓道，进入空空荡荡的墓穴，这里已经空无一物，但可以从墓穴的结构窥见古人的智慧和灵巧。高敞的拱形墓穴，没有一根梁柱，只是用不大的方砖砌成，头上的穹顶也是一块一块不大的方砖，它们竟能顶起成千上万吨黄土的重压而两千年不坍，这也近乎奇迹。

灯光在墓穴里闪动。讲解员离开后，我一个人站在空空荡荡的墓穴中央，在寂静中，仿佛突然听见马的嘶鸣在幽暗的空中回荡，一声声，追溯出远古的回响……

明人绘画

李显声这个名字，我是参观了武威的文庙后才知道的。他是明代的民间画家，在美术史中没有见过这个名字。武威文庙的博物馆里，陈列着他的很多作品。这位画家画的是他生活时代的各种人物，生活中的农夫、樵夫和村姑，官吏僧侣，传说中的神怪游仙，三教九流，都走进他的画中。人物的表情，无不栩栩如生。这是明代的风俗画，画面中的人物，是真正的明代中国人。

使我惊奇的是他的人物画得如此细致逼真，一丝不苟的彩色笔墨，不仅画出了人物眉眼间微妙的表情，还将他们的发髻冠带、衣衫屐帽，还有服装上的图案和皱褶，都刻画得纤毫毕现，栩栩如生。曾经有人说中国古代的绘画中的人物，都画得不合比例，看看李显声的画，便会觉得这样的结论有点可笑。

李显声的画，把明代的服装描绘得如此具体细致，看他的画，如同参观明代的服饰展览。喜欢写意风格的画家，也许会小看这样的画，但我却觉得它们了不起。看着李显声的画，再对照着读明人的小说，小说中的人物大概都会活起来。对明代世俗风情的记录，任何文字描写都无法超过这样的画。

看过李显声的这些画，我觉得我们的美术史也许是残缺的。

西夏遗碑

对于西夏的历史，我实在不熟悉。很多年前在俄罗斯圣彼得堡的东方研究所里，曾经见到无数关于西夏的古文献，当年的传教士从敦煌把这些文献搬到俄罗斯，堆满了昔日的皇宫，但没有几个人能读懂它们。我曾经看过其中的部分尺牍，也是方块字，但没有一个认识，读它们如读天书。

西夏文字，也是中华文化的一部分。创造西夏文字的党项族人，确实也是聪明绝顶。这些文字形体脱胎于汉字，结构也相仿，但和汉字完全不同，笔画也比汉字更繁复。当年，这样的复杂难学的文字也只是西夏的少数知识分子在用，老百姓恐怕依然在读写汉字。创造西夏文字的据说是西夏的一位精通汉字的帝王，他弃汉字造新字，大概也是不甘心被汉文化笼罩，想以有别于汉字的独特文字向世人证明自己也有独立的文化。然而，这样的方块象形字，还是无法摆脱汉字的影响。汉字的形成和完善经历了几千年，而西夏的文字在短时间内仓促问世，充其量也不过是对汉字的一种改革。随着西夏王朝的覆灭，西夏的文字也随之失去了生命力，而且不久便失传，成为历史的谜语。

在凉州，看到一块西夏遗碑，碑文刻得密密麻麻，但没有人能读懂。所幸背面有内容相同的汉字。这块西夏遗碑，成为现代人解读西夏文字的钥匙。

站在那块西夏古碑前，看着碑上那些奇怪的文字，粗看似乎眼熟，和汉字没有什么大不同，细看却无一认识。对于现在的大多数中国人来说，西夏是一个陌生的名词，在中华民族漫长的历史中，这段历史的分岔已被忽略。看到这些似曾相识的西夏文字，能提醒现代人，对于历史，对于前人创造的文化，我们到底还忽略了多少，遗漏了多少。

汉时长城

苍茫原野，荒芜连天。烈日烤晒着无边的大地。在远处的荒漠中，有一道和公路平行的土墙，断断续续，却是大地上一条绵延不绝的长线。这是建于汉代的长城，是万里长城的一部分。

在大漠中，这一道土城墙并不巍峨，也不壮观，但它是古人的血汗和智慧的结晶。以现代人的眼光，这样一道土墙在战争中能有什么作用，一发炮弹便能将它拦腰炸断。而在两千年前，这却是一道伟大的屏障，铁骑箭矛，在它面前只能却步。

站到汉长城的脚下时，我也没有觉得它有多少高大。和现代的建筑相比，这简直就是孩童的沙雕。然而想一想，岁月的风沙已经将它风化剥蚀了两千年，而它依然屹立在荒野中，向来往的跋涉者叙述历史，于是便肃然起敬。

抚摸着粗糙的城墙，那上面有两千年前工匠和兵士的血汗，有两千个春夏秋冬轮回的痕迹。岑参当年悲叹，"穷荒绝漠鸟不飞，万碛千山梦犹懒"，两千年过去，它周围的荒凉依旧，多少有点让人心颤。

离它不远处，高速公路像一道白色闪电，切开了板结的荒原。现代人，需要的不再是墙，而是更快更多的沟通渠道。古老而残缺的长城与新建的高速公路在荒凉的大漠上对视着，沉默中有多少内涵丰富的交流？

"活鱼饭店"

汽车在戈壁滩疾驰，满目荒凉，看不见一丝生命的绿色。在烈日下，青灰色的戈壁滩上升起一缕缕无形的热浪，天边的山影在热浪中晃动。这时，常常能看到美妙却虚幻的海市蜃楼。

远远的，在路边出现一排简陋的房子，土色的墙上赫然写着四个红色大字"活鱼饭店"。这样的景象，使人哑然失笑。在这片寸草不生的戈壁滩上，找一滴水比找一颗钻石还要难，哪里来的"活鱼"？

"活鱼饭店"在路边一晃而过。车窗外依然是一望无际的荒凉大漠。然而那几个红色的字，却在我的眼前挥之不去，而且在动，在荡漾开来，荡漾成一片清澈的水波。水波里，大大小小的鱼儿在遨游，鱼鳍优美地飘曳，五彩斑斓，荧光闪烁……

我永远也无法知道那家"活鱼饭店"里的景象。不过，如果我走了进去，看到了里面的"活鱼"，那么，所有的想象大概都会烟消云散。

2002 年 10 月

沉船威尼斯

从空中看威尼斯，她是蓝色大海中一条彩色的大鱼。威尼斯的形状确实像一条鱼，本岛是她的身体，环列四周的小岛组成了她的鳍和尾。这条鱼，在亚得里亚海中游了亿万年，繁华了千百年，成为人类文明史上的一颗明珠。

在海上看威尼斯，她是从海面上升起的一片童话般的土地。那些精美的楼房、城堡、教堂、桥，以及那些在城边浮动的船，如同海市蜃楼，在海天间飘忽摇曳。人类的创造，还有什么能比这样的景象更让人产生奇思妙想呢？

踏上威尼斯的土地，我才真正了解这座海上之城的美妙。

沿着海边的大道走向圣马可广场，沿途风景目不暇接。

沿海的是各式各样的码头，两头高翘的"贡多拉"停泊在码头上，如一群古代黑衣舞者，在海边随阵阵波浪舞动，正以沉静优雅的姿态招徕游人。面海的石头房子，每一幢都有传奇故事。经过一家古老的旅馆，我看到门口墙上有铭刻文字的铜牌，仔细一读，原来莎士比亚曾在这里住过。也许，莎翁《威尼斯商人》创作的灵感和素材，就是成形于此。再走不远，经过一座石桥，桥头两侧都是出售当地纪念品的小摊，彩色的威尼斯面具，布娃娃，皮包，皮带，游客在小摊前和商贩们讨价还价，这分明就是《威尼斯商人》中的场景。如果离开海滨选一条小巷进城，你会进入一个曲折的迷宫，街道两边那些彩色的店铺，让人眼花缭乱。

临海的圣马可广场，是威尼斯最有气派的地方。

很多年前，在圣彼得堡的冬宫博物馆，我看到过意大利画家卡纳列托的油画《威尼斯迎接法国公使》。画面描绘的是18世纪威尼斯的一次外交盛事。法国公使乘船来到威尼斯，当地的主教、王公贵族、有名的绅士淑女，在港口的广场上列队欢迎，虽然只能远远地看到一大片人头涌动，但可以想见，那些达官贵人是怎样应酬着寒暄着，讲着不着边际的客套话，那些华丽的袍服和长裙是怎样互相摩擦着发出窸窣之声。在面向海湾的那幢大楼里，也聚集着无数宾客，他们站在二楼的阳台上，兴致勃勃观望着广场上的人群。在盛装的人群中无法找到那位法国公使，但可以看到法国公使停泊在港湾里的巨大的船队。而站在路边桥头上看热闹的，是当地的平头百姓，那些灰暗驳杂的服饰，和广场中央那一大片鲜艳华贵的颜色形成鲜明的对照。

二百多年过去了，当年油画中的圣马可广场，和今天的广场没有大的区别，大教堂还在，钟楼还在，海边的立柱还在，那些精致繁复的回廊还在，教堂墙上金碧辉煌的马赛克壁画，簇新如昔。只是物是人非，广场上走动的是现代的人群。广场的石头地面上，密密麻麻停满了鸽子，它们悠闲地在那里散步。以我所见，这里的鸽群，也许是这个星球上鸽子数量最多的鸽群。地上的鸽子们偶尔展翅飞起，空中便响彻一片噗噗噗的翅膀拍击声，周围的空气也随之振动。这里的鸽子不怕人，你走过去，它们也不逃，还会飞落在你的肩头甚至头顶。在鸽子们的记忆中，从世界各地来圣马可广场的人们，为的就是给它们喂食，和它们拍照。当年法国公使来访时，大概没有这么多鸽子相迎吧。

在威尼斯，最有情趣的事情，是坐"贡多拉"在水巷中穿行。一个长相英俊的威尼斯小伙子手持长篙站在船尾，长篙轻轻点动，"贡多拉"便在漾动的水面上开始滑行。狭窄的河道曲曲折折，随时都会通向神秘的所在，两岸的石头房子迎面压过来，岸畔人家的台阶浸在水中，阳台和窗台触手可碰。低头看水中，两岸楼房倒映在晃动的水面上，迷离一片，如印象派音乐的韵律。前面不时有小桥当头压过来，船上人啊呀一声惊叫，回头看时，那桥，那桥上的行人，桥畔的楼廊和街灯，都自然奇妙如画中美景。从水巷出来，穿过石桥，进入海域，天地豁然开朗，周围的岛屿上耸立着形态各异的教堂和楼房，像是一群沉默的卫士，在四面八方守卫着威尼斯。

威尼斯是欧洲人创造的奇迹。千百年的经营，把这个海岛建成一个绚烂多姿的海上世界。大海造就了威尼斯，很显然，大海最终也会终结威尼斯，我看到的威尼斯，是一个被海水浸泡的城市，是一个逐渐被淹没的城市。我永远无法忘记一年前重访威尼斯时见到的景象，那天，海水漫过城市的地基，圣马可广场成了一片汪洋。广场四周的商铺浸没在水中，人们只能在临时搭起的栈桥上行走。鸽子们失去了栖息之地，在空中惶惶不安地盘旋……

告别威尼斯时，在船上回望那逐渐隐没在水天波光中的古城，突然生出一个念头：威尼斯，像一艘正在沉没的奢华古船……

2007年2月

米开朗琪罗的天空

　　梵蒂冈是国中之国，城中之国。它其实只是古都罗马城中小小的一方土地，然而它却令全世界瞩目。零点四平方公里，大概是全世界最小的国家，然而这里却拥有地球上最伟大的教堂，拥有世界上最了不起的博物馆。

　　圣彼得大教堂花了一百多年才完成它雄伟的工程，米开朗琪罗设计的金色穹顶成为罗马城中一颗耀眼的恒星。大教堂一年到头敞开着大门，人人都可以免费走进去。天主教徒们进去拜谒耶稣圣母，聆听天国福音，让灵魂接受洗礼；艺术爱好者们进去参观文艺复兴时期的伟大艺术；漫无目标的旅游者进来看热闹，看欧洲人如何在五百年前建造起如此宏伟的建筑。不过，不管你心怀何种目的来到这里，灵魂都会受到震撼。你会被教堂中神圣安宁的气氛震撼，会被那些静静地凝视着你的雕塑和壁画震撼。

米开朗琪罗的成名之作《圣母的哀伤》，就陈列在离大门口不远的一侧。美丽的圣母抱着死去的耶稣，满脸悲伤，那种庄严和逼真，那种优雅和凝重，让每一个观者为之凝神屏息，不敢发出声音，唯恐惊扰了沉浸在悲伤中的圣母玛利亚。这尊雕塑，是人类艺术史上极为伟大的作品之一，米开朗琪罗创作这件作品时，只有二十五岁。当时，人们面对这座雕像，惊讶得失去了言语，没有人相信它出自一个二十岁出头的年轻人之手。米开朗琪罗一怒之下，半夜里悄悄溜进教堂，在圣母胸前的绶带上刻下了自己的名字。据说这是米开朗琪罗唯一刻下自己名字的雕塑。这位旷世奇才，当然有资格在他的作品中刻下名字，即便是刻在圣母的身上。教堂大厅中间有贝尔尼尼设计的一个铜质亭子，四根布满螺旋形花纹的高大铜柱，托起一个雕刻着无数人物和花饰的巨大穹顶，这是教皇的讲坛，更是艺术家的陈列坛。

我曾两次走进圣彼得大教堂。第一次离开时正是黄昏时分，教堂的金色圆顶在夕照中闪烁着金红色的光芒，钟楼上铜钟齐鸣，钟声传遍了整个罗马城。第二次去圣彼得大教堂，是圣诞节后的第二天，走出教堂大门时，天已经落黑，罗马正在下雨。雨雾弥漫中，教堂前的大广场上一片彩色的雨伞，如无数沾露的蘑菇，在灯光和水光中晃动。依然是钟声回荡，钟声仿佛化成了细密的雨丝，从天上落下来，融化在人间的万家灯火中……

对热爱艺术的人们来说，圣彼得大教堂右侧的西斯廷教堂也许更有吸引力。这是世界上最迷人的博物馆，文艺复兴时期欧洲的无数经典名作，都被收藏在这个博物馆里。我曾经在这里待了半天，感觉是沉浮在艺术的汪洋中。现代人面对古代天才们的伟大创作，感觉到自己的肤浅和浮躁。站在西斯廷教堂大厅中央，抬头看天花板上的壁画，那是场面浩瀚的《创世记》。天堂人间，凡人天使，空中的树，地上的云，梦想中的神殿，传说中的巨人，在巍峨的穹隆间翩跹起舞……米开朗琪罗在这里幽闭数年，一个人站在空中挥笔冥思，把天堂搬到了人间，把凡人和天使融合为一体。上帝创造人的传说，在这里被简化成一根手指的轻轻点拨，上帝的手指和凡人的手指，在云天间接触的瞬间，便诞生了伟大的奇迹。画家的奇思妙想和神来之笔，使所有的文字失色。

我站在西斯廷教堂大厅的中间，抬头仰望那铺天盖地的《创世记》，感觉人的渺小，也感觉人的伟大。在天堂和神灵前，人是何等微不足道，然而这天堂和神灵，都是人类的想象和创造。你可以想象，如果你怀着虔敬的心，对天空伸出你的手指，会有来自天空的手指，轻轻地触碰，点开你的心灵之窗……

环顾四周，无数人和我一样抬头仰望、沉思，在米开朗琪罗描绘的天空之下。

2007年2月20日于四步斋

名家散文

鲁迅：直面惨淡的人生

胡适：天下没有白费的努力

许地山：爱我于离别之后

叶圣陶：藕与莼菜

茅盾：斗争的生活使你干练

郁达夫：夜行者的哀歌

徐志摩：我有的只是爱

庐隐：我追寻完整的生命

丰子恺：我情愿做老儿童

朱自清：热闹是它们的，我什么也没有

老舍：有朋友的地方就是好地方

冰心：繁星闪烁着

废名：想象的雨不湿人

沈从文：每一只船总要有个码头

梁实秋：烟火百味过生活

林徽因：你是人间的四月天

巴金：灯光是不会灭的

戴望舒：我的心神是在更远的地方

梁遇春：吻着人生的火

张中行：临渊而不羡鱼

萧红：我的血液里没有屈服

季羡林：微苦中实有甜美在

何其芳：紧握着每一个新鲜的早晨

孙犁：人生最好萍水相逢

琦君：粽子里的乡愁

苏青：我茫然剩留在寂寞大地上

林海音：唯有寂寞才自由

汪曾祺：如云如水，水流云在

陆文夫：吃也是一种艺术

宗璞：云在青天

余光中：前尘隔海，古屋不再

王蒙：生活万岁，青春万岁

张晓风：年年岁岁岁岁年年

冯骥才：生活就是创造每一天

肖复兴：聪明是一张漂亮的糖纸

梁晓声：过小百姓的生活

赵丽宏：闪烁在旷野里的微光

王旭烽：等花落下来

叶兆言：万事翻覆如浮云

鲍尔吉·原野：为世上的美准备足够的眼泪